OBERBAYERN KRIMI 5

Roswitha Wildgans, Jahrgang 1963, studierte an der Musikhochschule München Gesang. Sie trat als Solistin auf, war Mitglied in verschiedenen Profichören und arbeitete mehrere Jahre als Gesangspädagogin an einer Musikschule. Sie lebt mit Mann und Tochter in der Nähe von Freising. Im Emons Verlag erschienen »Finale Furioso« und »Solo Mortale«.

ROSWITHA WILDGANS

CONCERTO FATALE

OBERBAYERN KRIMI

Emons Verlag

Umschlagzeichnung: Heribert Stragholz
Druck und Bindung: Clausen & Bosse GmbH, Leck
Printed in Germany 2007
ISBN 978-3-89705-523-0

»Am Gesange des Vogels
erkennt man nicht, was er gefressen.«
Sprichwort

Allen Kirchenchorsängerinnen
und -sängern gewidmet

1

»Wir lieben sehr im Herzen ...«, tönte es inbrünstig durch den Bus. Der vierstimmige Chorsatz wurde zwar hin und wieder durch ein paar unrhythmische Rülpser unterbrochen, das tat der leidenschaftlichen Interpretation jedoch keinen Abbruch.

»Wer hat noch nicht, wer will noch mal?«, brüllte Thea respektlos über unseren unermüdlichen Gesang hinweg und balancierte grinsend mit drei Piccolos und drei Pils in den Händen durch den Mittelgang des Oberdecks.

Der Kirchenchor von St. Peter und Paul war nach einem sehr gelungenen Chorkonzert, das wir in Bamberg gegeben hatten, auf der Rückfahrt nach Freising. Die Stimmung im Doppeldeckerbus war prächtig. Natürlich nur, was das Oberdeck betraf. In der unteren Etage des Busses saßen die üblichen humorlosen Chormitglieder, die nicht mitfeiern wollten.

»Und was ist mit mir?«, rief ich Thea zu, nachdem unsere sangesfreudige Ecke im hinteren Busbereich die zweite Strophe zu Ende gesungen hatte.

»Zu spät, Maja!«, meinte sie schulterzuckend und prostete mir mit einem Pappbecher zu.

»Ich gehe und hole Nachschub!«, teilte ich meinen Busnachbarn mit, worauf mir sofort von allen Seiten Bestellungen entgegenflogen. »Hey, Kinder, wir sind hier nicht in der Weinstube, ich gehe nur einmal!«, stellte ich klar. Mit siebenundfünfzig hatte schließlich auch eine Wirtin ein Recht auf Privatleben!

»Aber mir bringst du doch noch ein Piccolöchen mit!« Ruth hatte mich am Ärmel gezogen, als ich mir gerade einen Weg durch das illustre Grüppchen von fünf Damen und dem einen Herrn bahnte, dem ihre ganze Aufmerksamkeit galt.

Unsere zweiundvierzigjährige Sopranistin Sonja hatte es sich nicht nehmen lassen, ihren zehn Jahre jüngeren Lover auf die Konzertfahrt mitzunehmen, um dem Chor ihr neues Glück zu demonstrieren. Sonja litt seit Jahren unter Torschlusspanik, deshalb war allein die Tatsache, dass sie nun endlich einen Mann abbekommen hatte, schon Sensation genug. Aber dass dieser Kerl auch noch wesentlich jünger war und unverschämt gut aussah, rief bei bestimmten weiblichen Chormitgliedern sowohl Neid als auch Argwohn hervor. Ruth, die Frau von Kriminalkommissar Scheffel, studierte das männliche Objekt mit allergrößtem Interesse. Sonja Moll war als Inhaberin eines großen Trachtenmodengeschäftes in der Freisinger Innenstadt nicht unvermögend, und Ruths misstrauischer Blick ließ erkennen, dass sie dem jungen Mann finanzielle Gründe für die ungleiche Beziehung unterstellte. Es konnte doch nicht sein, dass sich so ein attraktiver Mann in die schwergewichtige, biedere Sonja verliebt hatte.

»Maja«, sülzte Sonja, »du kennst meinen Freund noch nicht, darf ich vorstellen, das ist Till Backhaus.«

Sonja strotzte vor Stolz, der gut aussehende Mann reichte mir freundlich die Hand. »Ich habe schon viel von Ihnen gehört, Frau Kuckuck!«

»So, so«, meinte ich höflich.

Till Backhaus wirkte selbstsicher und schien sich als Hahn im Korb sehr wohlzufühlen.

Der Bus fuhr plötzlich eine scharfe Rechtskurve, und die Zentrifugalkraft warf mich unglücklich zur Seite, sodass ich mit meinem Dekolleté direkt auf dem Gesicht von Herrn Backhaus landete.

»Ist Ihnen etwas passiert?«, fragte ich erschrocken.

»Nein, es geht schon«, antwortete er etwas verdattert.

Sonja lächelte gequält, Ruth schüttelte den Kopf.

»Maja, was treibst du da? Wir haben Durst!«, rief meine Freundin Lilli von hinten.

»Bin schon unterwegs!« Ich machte mich aus dem Staub,

bevor die Situation peinlich wurde. Beschwingt wackelte ich die enge Treppe im Bus nach unten und spähte in den dunklen Raum. Im Gegensatz zum Oberdeck brannte hier nur die Notbeleuchtung, die meisten Leute schienen zu schlafen. Ganz vorne neben dem Busfahrer kämpfte unser Chorleiter Gabriel Thurgau mit seinen Ohropax-Stöpseln, die nicht so recht halten wollten und ihn seiner wohlverdienten Ruhe beraubten. Links neben der Treppe befand sich eine kleine Teeküche mitsamt Kühlschrank. Ich zog den Hebel nach oben und öffnete die Tür, dann klemmte ich so viele Flaschen zwischen Arm und Busen, wie ich tragen konnte.

»Ich finde es unmöglich, dass gewisse Herrschaften die Chorkasse über alle Maßen strapazieren!«, zischte mir Magnus Hofstaller aus dem Bass zu, der auf der letzten Bank vor der Treppe saß. »Ihr könntet euer Massenbesäufnis wenigstens selbst finanzieren!«

»Wenn du dir solche Sorgen um die Chorkasse machst, dann kannst du ja ein Sümmchen für die vielen Piccolos spenden, die deine Frau oben trinkt!«, konterte ich. Brigitte Hofstaller war eine der fünf Damen, die sich um Till Backhaus geschart hatten. Sie war wesentlich besser drauf als ihr Göttergatte.

Als ich vorsichtig wieder die Treppe nach oben stieg, kam mir Sabine auf halbem Weg entgegen.

»Maja, hast du gesehen, ob die Toilette immer noch besetzt ist? Mir platzt bald die Blase, und irgendjemand hat sich dort zur Dauersitzung niedergelassen!«

»Tut mir leid, ich hab nicht drauf geachtet.«

»Franziska jammert auch schon! Ich möchte nicht wissen, wie es in dem engen Klo riecht, wenn da wieder frei wird. Meinst du, dass der Busfahrer bei der nächsten Raststätte mal kurz anhalten würde?«

»Geh doch vor und frag ihn. Wahrscheinlich hätten einige Leute auch gerne eine Zigarettenpause.«

»Mach ich.« Sabine folgte meinem Rat.

»So ein Tag, so wunderschön wie heute ...«, wurde die Mehrstimmigkeit nun von der Einstimmigkeit abgelöst, sogar das Grüppchen um Sonja und Till Backhaus sang enthusiastisch mit.

»Trink nicht so viel, dein Mann macht sich schon Sorgen um die Chorkasse!« Ich konnte es mir nicht verkneifen, Brigitte im Vorbeigehen damit aufzuziehen. Sie machte eine abfällige Handbewegung und nahm einen großen Schluck Sekt aus ihrem Pappbecher. Brigitte war Magnus Hofstallers zweite Frau, sie hatte ungefähr das Alter von Sonja und war etwa zwanzig Jahre jünger als ihr Mann. Offenbar hatte Till Backhaus in ihr die Lust nach etwas Jüngerem geweckt, sie hing gebannt an seinen Lippen und konnte den Blick kaum von ihm abwenden.

Ich schlängelte mich weiter durch den Mittelgang und verteilte die Flaschen, die ich von unten mitgebracht hatte.

»In fünf Minuten machen wir an der Raststätte Greding einen kurzen Halt«, klang es dröhnend aus dem Lautsprecher. Offensichtlich hatte Sabine den Busfahrer überzeugt.

Die meisten Frauen stiegen in Greding aus, um dort auf die Toilette zu gehen oder im Shop Chips und Erdnüsse zu besorgen. Einige Chormitglieder zogen auf dem schlecht beleuchteten Parkplatz während des gesamten Haltes gierig an ihren Glimmstängeln, der Rauch vermischte sich träge mit der lauen Juliluft. Obwohl es schon halb zwölf Uhr nachts war, stand das Thermometer bestimmt noch über der Zwanzig-Grad-Marke.

Nach der kurzen Pause hatte so mancher Sänger endlich wieder Platz in seiner Blase und konnte weiter von oben nachfüllen. Die restliche Fahrt verging wie im Flug, die Party kam noch einmal so richtig in Schwung.

»Alles aussteigen, wir sind wieder zu Hause«, quäkte Herr Thurgau gegen ein Uhr ins Mikro.

»Der Thurgau hat das Beste des ganzen Abends verpasst. Was hat man von einem perfekten Konzert, wenn man die anschließende Feier auslässt?«, fragte Lilli leise, als wir mit unseren Konzertröcken über dem Arm ausstiegen.

»Selig sind die Unwissenden«, meinte Ullrich hinter uns.

Was für ein Glück, dachte ich, dass der Bus auf dem kleinen Parkplatz gegenüber meiner Weinstube »Zum Kuckuck« gehalten hatte. Ich war mehr als bettschwer und wollte gleich nach oben in meine Wohnung gehen, die Aufräumarbeiten sollten heute meine Angestellten erledigen.

»Kann mir mal jemand helfen, den Kollegen hier wach zu bekommen«, brüllte der Busfahrer aus der Tür, »der hat wohl zu tief ins Glas geschaut!«

Die umstehenden Chormitglieder lachten auf und gingen alle wieder zum Bus zurück, um zu sehen, wer sich da übernommen hatte.

Ich spähte von außen in den Bus und sah, dass es sich um Magnus Hofstaller handelte. Er war trotz leichter Ohrfeigen und lauter Zurufe seitens des Busfahrers nicht wach zu kriegen.

»Aber der hat doch gar nichts getrunken!«, rief ich in den Bus hinein. Das Lachen der Menge verstummte langsam.

»Was ist mit meinem Mann?« Brigitte kämpfte sich mit den Ellbogen durch die Menschentraube vor dem Eingang des Busses und stieg von Ullrich gefolgt wieder ein.

Ich wurde immer weiter zurückgedrängt und hörte Brigitte plötzlich schreien: »Macht doch irgendetwas, warum kommt denn kein Arzt!«

»Der Busfahrer ruft gerade den Rettungsdienst, jetzt bleib ganz ruhig, Brigitte!«, drang die nervöse Stimme von Ullrich nach draußen.

»Da muss etwas passiert sein«, flüsterte mir Lilli zu, »ich glaube, der ist tot.«

»Tot? Um Gottes willen, vielleicht hatte er einen Herzinfarkt, und keiner hat etwas bemerkt!« Dieser Gedanke machte mich auf einen Schlag stocknüchtern. Das wäre ja furchtbar! Magnus hatte womöglich mit dem Tod gekämpft, während der größte Teil des Chores ahnungslos auf dem Oberdeck gefeiert und die wenigen Leute um ihn herum geschlafen hatten! Niemand hatte sich um ihn gekümmert, keiner hatte ihm geholfen!

Der Notarztwagen kam mit Blaulicht angefahren, wortlos ließen wir die beiden Sanitäter durch.

»Haben Sie kein besseres Licht?«, rief einer der Notärzte dem Busfahrer zu, ein paar Sekunden später war das Untergeschoss des Busses hell erleuchtet.

Wir sahen von außen, wie sich die beiden Sanitäter über Magnus beugten und miteinander flüsterten. Schließlich teilte der Ältere der beiden mit fester Stimme mit: »Wir müssen die Polizei verständigen, sieht nicht nach natürlicher Todesursache aus.«

»Womöglich erwürgt«, wandte sich der andere Sanitäter an den entsetzten Ullrich.

2

»Was ist denn hier los!«, polterte eine tiefe Stimme hinter uns. Kommissar Scheffel stieg aus seinem Wagen, um seine angetrunkene Frau Ruth abzuholen.

»Du glaubst es nicht, aber der Hofstaller ist im Bus erwürgt worden!« Ruth lief aufgeregt ihrem Mann entgegen und plapperte auf ihn ein, während der Kommissar mit schweren Schritten zum Bus stapfte.

Wir bildeten stumm eine Gasse, der Kommissar ging grußlos an uns vorbei und stieg in den Bus.

»Sie sind schon da, Herr Kommissar?«, stutzte der eine Sanitäter, während sich sein Kollege um die unter Schock stehende Brigitte kümmerte und sie in den Krankenwagen brachte.

»Ich bin privat hier, was ist los?«

Der Sanitäter redete mit leiser Stimme auf Kommissar Scheffel ein, dieser beugte sich mit grimmigem Gesicht über Magnus Hofstaller.

»Ruth, gib mir das Handy!«, rief er schließlich seiner Frau zu, dann wählte er die Nummer seiner Kollegen bei der Kripo in Erding und schilderte in Kurzform die vorliegende Situation.

»Alle raus aus dem Bus, keiner fasst etwas an!«

Der Kommissar schob energisch das Grüppchen Chorsänger hinaus, das sich bis zu Magnus durchgekämpft hatte. Der sichtlich mitgenommene Busfahrer erhielt ebenfalls die Anweisung, den Bus zu verlassen und die Türen zu schließen.

»Wir müssen den Bus mitnehmen, bitte halten Sie sich noch so lange zur Verfügung, bis meine Kollegen eingetroffen sind«, teilte ihm der Kommissar weiter mit.

»Wo ist der Thurgau?«, fragte er in die etwa zwanzig umstehenden Personen hinein.

»Der stand eben noch neben mir!« Thea drehte sich nach allen Seiten um, aber Herr Thurgau war verschwunden.

»Der kann sich doch nicht einfach aus dem Staub machen! Ich brauche ihn!«, schimpfte Kommissar Scheffel ungehalten, während zwei Polizeiautos mit Blaulicht auf den kleinen Parkplatz fuhren. Der Kommissar besprach sich kurz mit den Kollegen der Polizeiinspektion Freising, die daraufhin Position vor dem Bus bezogen. Wenig später erreichte auch der Rechtsmediziner Dr. Schmid den Ort des Geschehens und begutachtete den Toten.

Flüsternd wandte ich mich an Lilli: »Ein Mord in unserem Chorbus, weißt du, was das heißt?«

»Das heißt, dass es einer von uns gewesen sein muss«, sagte Lilli entsetzt. Sie war kreidebleich.

Plötzlich hörten wir seltsame Geräusche, drehten uns um und erblickten Gabriel Thurgau auf der kleinen Holzbrücke vor der Sparkasse. Er hatte seinen Oberkörper über das Geländer gebeugt und übergab sich heftig würgend in die leise plätschernde Moosach.

»Dem ist auch nichts peinlich, es gäbe sicher weniger exponierte Stellen, um sich seines Mageninhalts zu entledigen«, bemerkte Thea trocken.

»Dabei hatte er doch gar nichts getrunken«, warf Ullrich ein.

»Ihr kennt ihn doch, eine Leiche ist zu viel für seinen sensiblen Magen«, sagte ich wenig überrascht.

»Frau Kuckuck!« Kommissar Scheffel kam auf mich zu. »Frau Kuckuck, nehmen Sie doch den Thurgau mit in Ihre Wohnung, er verträgt das hier nicht, ich muss aber unbedingt noch mit ihm sprechen.«

»Und wie soll ich ihn dort hinschaffen? Der kotzt mir noch vor mein Lokal!«

»Dann holen Sie eben vorher einen Kübel!«, schlug der Kommissar genervt vor und ging den Kollegen von der Spurensicherung entgegen, die gerade eintrafen.

Herr Thurgau hatte offenbar bemerkt, dass wir über ihn gesprochen hatten, er blickte mitgenommen zu uns herüber. Dann zog er ein weißes Taschentuch aus seiner Jackentasche und tupfte sich vorsichtig den Mund ab.

»Jetzt ist er fertig«, analysierte Thea sein Verhalten.

»Ich komm auch noch mit zu dir«, entschied Lilli spontan, Ullrich und Thea schlossen sich an.

Wir flankierten Gabriel Thurgau und rieten ihm, nicht mehr in den Bus hineinzusehen, als wir daran vorbeigingen.

In meiner Wohnung über der Weinstube stellte ich erst einmal eine Flasche Grappa auf den Tisch, so ein Schock will verdaut werden!

Thea und ich gossen uns ein Gläschen in den Rachen, Lilli und Ullrich wollten angesichts der Situation lieber Kaffee, Herr Thurgau war mit einem Glas Wasser zufrieden.

»Besonders beliebt war Magnus ja nicht gerade, aber dass man ihn gleich umbringt, das hat er nicht verdient!« Ullrich schüttelte verständnislos den Kopf.

»Die arme Brigitte, so ein schrecklicher Schicksalsschlag!«, seufzte Lilli.

»Die arme Brigitte«, wiederholte Thea theatralisch, »dass ich nicht lache! Wahrscheinlich ist sie froh, dass sie diesen Geizhals endlich los ist! Sie hat mir mal erzählt, dass sie für jedes Paar neue Schuhe erst heimlich etwas vom Haushaltsgeld abzweigen musste, und wenn sie die Schuhe dann getragen hatte, hat er es nicht einmal bemerkt, so hat sich der für seine Frau interessiert!«

»Aber ihr habt doch gesehen, mit welcher Bestürzung sie den Tod von Magnus aufgenommen hat! Ich sage dir, Thea, sie hat Magnus trotzdem geliebt!«, versuchte Lilli, Thea zu überzeugen.

»Natürlich spielt sie erst einmal die trauernde Witwe, sie kann wohl schlecht vor aller Augen einen Freudentanz aufführen, während ihr Mann erwürgt im Sessel hängt.«

»Willst du damit etwa sagen, dass du Brigitte zutraust, ihren eigenen Mann erwürgt zu haben?«, mischte ich mich ein. »Dafür hätte sie doch nie die Kraft gehabt, überleg doch mal, wie fest man da zudrücken muss ...«

Herr Thurgau sprang auf und stürzte zur Toilette.

»Maja, nimm doch ein bisschen Rücksicht auf ihn«, schimpfte Ullrich.

Es klingelte an der Haustür, Kommissar Scheffel und sein Kollege Herrmanns kamen herein.

»Der Thurgau ist schon wieder auf dem Klo«, klärte ich ihn gleich auf.

»Vielleicht kann ich Ihnen weiterhelfen, Herr Scheffel«, bot sich Ullrich an und zog ein beschriebenes Blatt Papier aus seiner Jackentasche. »Sie möchten bestimmt eine Liste mit allen Personen haben, die im Bus waren. Als Chorsprecher ist es meine Aufgabe, vor der Abfahrt die Anwesenheit aller Personen zu überprüfen.«

Er reichte dem Kommissar die Liste, der überflog die Namen, von denen ihm sicher die meisten bekannt waren. Kommissar Scheffel hatte seine Frau einige Male beim alljährlichen Chorausflug begleitet.

»Ich wusste gar nicht, dass Sie so viele Ehepaare im Chor haben«, bemerkte der Kommissar mit hochgezogenen Brauen.

»Wir haben nur zwei Ehepaare im Chor, aber dieses Mal wollten einige Sänger unbedingt ihre Partner zum Konzert mitbringen, deswegen hatten wir ja auch einen Doppeldeckerbus gechartert.«

»Das ist aber normalerweise nur beim Chorausflug üblich, oder?«, erkundigte sich der Kommissar.

»Nun, Sie wissen ja, wie das ist. Da fragt jemand vorsichtig an, und man macht eine Ausnahme, dann spricht sich die Ausnahme herum, und plötzlich hat man zwanzig Gäste mehr im Schlepptau. Herr Thurgau ist der Meinung, dass man sich mit den Partnern der Chorsänger gutstellen muss, deshalb hat er ohne Aufhebens einen Doppeldecker bestellt.«

»Aha«, brummte der Kommissar nachdenklich. Bestimmt fragte er sich gerade, ob er den Mord hätte verhindern können, wenn er Ruth ebenfalls zu dem Konzert begleitet hätte.

»Natürlich bekommt jeder auf dieser Liste eine Vorladung«, sagte er schließlich. »Die Polizeiinspektion in Freising hat meinem Team zwei Räume zur Verfügung gestellt, sodass Sie zur Vernehmung nicht extra nach Erding fahren müssen. Sie werden morgen alle einen Anruf erhalten.«

Kommissar Scheffel erhob sich schwer atmend aus dem Sessel und wedelte mit der Liste.

»Das war es, was ich von Herrn Thurgau haben wollte. Schicken Sie ihn nach Hause, wenn er sich besser fühlt, Frau Kuckuck. Sie hören von uns, meine Herrschaften!«

Mit diesen Worten verabschiedeten sich die beiden Kommissare. Meine Mitsänger standen ebenfalls auf, Ullrich erklärte sich dazu bereit, Herrn Thurgau nach Hause zu begleiten, und ich genehmigte mir in aller Stille noch einen kleinen Gute-Nacht-Grappa.

3

Am Montagmorgen um Schlag acht Uhr klingelte das Telefon, und ein Polizeibeamter teilte mir mit, dass ich mich um halb drei auf der Polizeidienststelle in der Haydstraße einfinden solle. Noch im Bett ließ ich mir fassungslos die Ereignisse des gestrigen Abends durch den Kopf gehen. Nein, es war kein schlechter Traum gewesen, Magnus Hofstaller war tatsächlich in unserem voll besetzten Chorbus erwürgt worden. Alle Personen an Bord waren entweder Chormitglieder oder deren Partner gewesen, mit Ausnahme des Busfahrers natürlich. Der Schluss, den man daraus ziehen musste, ließ mich erneut erschauern: Einer von uns hatte diesen Mord begangen! Im Geiste ging ich die verschiedenen Stimmgruppen durch und fragte mich, wem ich einen Mord zutrauen würde. Das Ergebnis war eindeutig: Es gab niemanden in unseren Reihen, den ich für fähig hielt, eine solche Tat zu begehen. Könnte es der Partner eines Chorsängers gewesen sein? Schon eher, da waren Leute dabei, die ich nur vom Sehen kannte. Nicht alle Ehegatten nahmen so rege am gesellschaftlichen Chorleben teil wie Brigitte Hofstaller. Sie ließ weder Weihnachtsfeiern noch Chorausflüge oder Chorfasching aus, was natürlich auch daran lag, dass sie seit der Schulzeit mit Sonja Moll befreundet war.

Das Telefon klingelte abermals.

»Ich bin's, Mama, hast du den Film jetzt endlich fertig?«

»Guten Morgen erst mal! Welchen Film?«, fragte ich meine in Italien lebende Tochter Viola.

»Ach Mama, wie oft soll ich dir das denn noch sagen, Salvatore macht mir permanent die Hölle heiß, weil das Ding immer noch nicht da ist!«

»Oh Gott, der Bierbraten!«, fiel es mir siedend heiß ein.

Meine Tochter und ihr Mann Salvatore hatten mir zu Weihnachten einen Camcorder geschenkt, der bis heute in der Originalverpackung auf dem Wohnzimmerschrank stand. Nun drängte Violas italienische Schwiegermutter, dass ich für sie per Filmaufnahme dokumentieren solle, wie man den bayerischen Bierbraten zubereitete, den sie vor Jahren während ihres einzigen Deutschlandbesuches bei mir gegessen hatte.

»Mama, sag bloß nicht, dass du es schon wieder vergessen hast!«

»Nein, Viola, ich habe es nicht vergessen, aber stell dir vor, was bei uns passiert ist!«, lenkte ich geschickt ab und berichtete Viola von dem Mord an Magnus Hofstaller.

»Das ist ja unglaublich, da singt einer ein Kirchenkonzert und anschließend murkst er im Bus seinen Chorkollegen ab! Mama, findest du nicht, dass es besser wäre, wenn du so lange aus dem Chor austreten würdest, bis dieser Wahnsinnige überführt worden ist? Da ist man doch seines Lebens nicht mehr sicher!«

»Mach dir keine Sorgen, ich passe schon auf mich auf. Also, dann ruf ich dich wieder an, sobald es etwas Neues gibt ...«

»Stopp, Mama, dieses Mal kommst du mir nicht davon! Wenn du möchtest, dass meine Ehe weiterhin Bestand hat, dann mach jetzt bitte diesen verdammten Braten und lass die Kamera mitlaufen, ich werde sonst bald wahnsinnig!«

»Aber warum kann ich Maria denn nicht einfach das Rezept schicken?«, versuchte ich es zum wiederholten Male, obwohl ich die Antwort schon kannte.

»Weil sie eben jeden Handgriff sehen will, genauso wie bei diesen bescheuerten Kochsendungen im Fernsehen, die sie rund um die Uhr anschaut. Mama, stell den Camcorder einfach ins Regal gegenüber vom Herd und drücke auf »Start«, ich bearbeite das Ganze anschließend, bis es passt. Bitte, Mama, tu mir endlich den Gefallen!«

»Mmmhhh …«, knurrte ich widerwillig. Es war klar, dass ich aus dieser Sache nicht mehr herauskommen würde.

Also ging ich erst einmal ins Bad und machte mich zurecht. Wenn ich schon diesen Hausfrauenstreifen drehen musste, dann wollte ich wenigstens eine gute Figur dabei abgeben. Nach dem Frühstück spazierte ich zur Metzgerei Lobermeier und kaufte ein schönes Stück Schweinebraten, bei dem ich die Schwarte gleich karoförmig einschneiden ließ. Da ich wegen des Termins auf der Polizeiinspektion etwas unter Zeitdruck war, musste ich es anderen überlassen, die Metzgerin samt Kundschaft über den sensationellen Mord im Chorbus zu informieren.

Als ich wieder in die Landshuter Straße einbog, sah ich, dass eine fremde Frau vor meiner Haustür stand und klingelte. Neugierig beschleunigte ich meine Schritte. Vor dem Haus war ich mir plötzlich gar nicht mehr so sicher. War mir die Frau wirklich fremd oder hatte ich sie doch schon einmal gesehen?

»Hallo, Frau Kuckuck, da sind Sie ja, ich wollte gerade zu Ihnen. Sie erinnern sich doch an mich, Waller, vom Freisinger Tagblatt.«

Jetzt fiel mir wieder ein, woher ich die Dame kannte. Sie hatte vor zwei Jahren über eine Vernissage in meiner Weinstube berichtet.

»Natürlich erinnere ich mich an Sie, was führt Sie denn zu mir?«

»Sie waren doch gestern Abend dabei, als der Mord im Chorbus passiert ist. Die Polizei gibt sich äußerst zugeknöpft, und da dachte ich, ich könnte eine Augenzeugin befragen, auf deren Aussage Verlass ist.«

»Und da haben Sie gleich an mich gedacht?«

»Aber sofort, Frau Kuckuck«, sülzte Frau Waller, »wir haben doch schon einmal so gut zusammengearbeitet. Wenn Sie erlauben, werde ich auch ein Foto von Ihnen bringen, es sei denn, Sie wollen lieber anonym bleiben.«

»Selbstverständlich nicht, Frau Waller, schließlich habe ich nichts zu verbergen!«

Solche Gelegenheiten sind dazu da, dass man sie beim Schopf packt. So locker-flockig kommt man sonst nicht in die Zeitung, noch dazu mit Foto!

Ich sperrte die Tür auf, und wir gingen die Treppe hoch zu meiner Wohnung.

»Es stört Sie doch nicht, Frau Waller, dass ich nebenbei einen Braten ins Rohr stelle. Können Sie mit Camcordern umgehen?«

»Natürlich, wozu?«

Ich erklärte Frau Waller kurz, worum es ging, und drückte ihr die Schachtel mit dem Aufnahmegerät in die Hand. Während ich alle Zutaten für den Bierbraten auf die Arbeitsplatte legte, positionierte Frau Waller den Camcorder auf dem Küchenregal und drückte den Aufnahmeknopf.

»Keine Sorge, Frau Waller, es dauert nicht lange, dann stehe ich Ihnen voll zur Verfügung. Also, Maria«, ich drehte mich zur Kamera hin, »zuerst heizt du den Ofen auf 220 Grad vor, dann machst du das Bier auf. Frau Waller, Sie trinken doch ein Gläschen mit bei der Hitze?«

Ich verteilte den Inhalt der ersten Flasche Bier auf zwei Gläser und trank mit Frau Waller einen kräftigen Schluck. Dann öffnete ich eine zweite Flasche für den Bierbraten und erklärte Maria die weitere Vorgehensweise. »Du reibst das Fleisch mit Salz, Pfeffer und Thymian ein und legst es in die Bratrein, die du natürlich vorher mit Schmalz einfettest.« Gewissenhaft führte ich meine eigenen Anweisungen aus. »Dann kannst du gleich mal eine Zwiebel, zwei Karotten und einen Streifen Selleriewurzel klein schneiden, außerdem musst du später noch eine Knoblauchzehe zerdrücken. Das Gemüse gibst du ungefähr nach einer halben Stunde Bratzeit zum Fleisch, und dann beginnst du mit dem Allerwichtigsten: Immer schön mit Bier begießen, Maria, das ist das A und O!«

Ich ging zur Spüle und wusch kurz meine Hände, dann wandte ich mich endlich an Frau Waller.

»So, jetzt wäre ich so weit. Ich muss nur noch den Braten ins Rohr stellen, wenn der Ofen heiß genug ist.« Schwitzend setzte ich mich an dem kleinen Tisch, an dem sich auch Frau Waller niedergelassen hatte, auf einen Küchenhocker. Es war zwar erst elf Uhr, aber die unerbittliche Julisonne und das heiße Backrohr erhitzten meine Küche auf tropische Temperaturen.

»Gut, Frau Kuckuck, dann erzählen Sie mir doch mal den gesamten Ablauf des gestrigen Abends.« Frau Waller schien die Hitze nichts auszumachen, man konnte keine einzige Schweißperle auf ihrer Stirn erkennen. Sie beugte sich interessiert nach vorne und hielt mir ein Diktiergerät unter die Nase. Ich plapperte drauflos und berichtete alles durcheinander, was mir zum Konzert und zur Busfahrt einfiel.

»So, so, der Hofstaller hat also gemosert, dass die Chorkasse durch die Getränke übermäßig belastet würde, aber die Piccolos seiner Frau wollte er auch nicht bezahlen.«

»Ganz genau, wissen Sie, der war überhaupt total geizig. Wenn seine Frau ein Paar neue Schuhe haben wollte, musste sie sich erst heimlich etwas vom Haushaltsgeld absparen, können Sie sich das vorstellen? Es würde mich nicht wundern, wenn sie den Kerl satt gehabt hätte. Aber das bleibt natürlich unter uns, Frau Waller, das brauchen Sie nicht unbedingt zu schreiben.«

»Können Sie sich denn vorstellen, dass Brigitte Hofstaller ihren Mann erwürgt hat?«, flüsterte Frau Waller vertraulich.

»Nein, das kann ich nicht, dazu fehlt einer Frau doch die Kraft.«

»Und wenn sie einen Helfer hatte?«

»Wer soll denn das gewesen sein? Also, vom Chor war es niemand, da lege ich meine Hand ins Feuer. Oh, der Braten!«

Ich sprang auf und schob die Bratrein ins Rohr, dann lächelte ich nickend in die Kamera.

»Aber irgendjemand muss ihn doch erwürgt haben?« Frau Waller hob fragend die Hände in die Höhe.

»Jedenfalls kein Chormitglied. Es kann nur eine der Begleitpersonen gewesen sein, das steht fest.«

»Welche Begleitpersonen waren denn dabei?«

»Also, wie immer natürlich …« Ich hielt inne. Sollte ich Frau Waller tatsächlich die Namen der entsprechenden Personen geben? »Das möchte ich Ihnen lieber nicht sagen, ich will ja niemanden konkret verdächtigen. Außerdem kenne ich nicht einmal alle Begleitpersonen persönlich, manche der jüngeren Chormitglieder wechseln ihre Liebschaften wie unsereins die Schuhe.«

»Es waren also Männer dabei, die sie vorher noch nie gesehen haben?«

»Oh ja, besonders einer!«, sagte ich vielversprechend und dachte an Till Backhaus.

»Und dieser Mann ist Ihnen besonders verdächtig vorgekommen?«

»Nicht direkt, aber ich habe genau gesehen, dass er mindestens zweimal hinuntergegangen ist, um Getränke zu holen. Wenn ich gewusst hätte, was passieren würde, hätte ich ihn natürlich besser im Auge behalten.«

Frau Waller schaltete ihr Diktiergerät ab und stand auf.

»Sie haben mir sehr geholfen, Frau Kuckuck. Machen wir jetzt noch ein Foto?«

»Aber natürlich! Ich gehe nur schnell ins Bad und lege etwas Puder nach, bei der Hitze glänzt man so unvorteilhaft.« Ich hielt Frau Waller ein paar Minuten hin. Dann posierte ich vor meinem Küchenfenster, Frau Waller drückte mehrmals auf den Auslöser.

Nachdem die Journalistin gegangen war, goss ich zufrieden etwas Bier über den Braten, mit dem Rest löschte ich meinen eigenen Durst.

4

Als ich um halb zwei die noch warme Bratrein mitsamt dem wunderbar duftenden Bierbraten nach unten in die Küche der Weinstube brachte, hörte ich ein Quietschen aus dem Gastraum, wie es beim Schieben oder Ziehen von schweren Tischen entsteht.

»Andreas?«, rief ich in die Weinstube, denn mein langjähriger Angestellter war der Einzige, der außer mir einen Schlüssel zum Lokal hatte.

»Hier!«, antwortete die vertraute Stimme pampig.

Ich ging in den Gastraum und sah Andreas schwitzend einen schweren Massivholztisch ziehen.

»Heute kommen die Damen von der Frauen-Union, die wollen einen durchgehenden Tisch für vierzig Personen haben.«

»Ich weiß, aber weshalb machst du das denn nicht heute Abend zusammen mit Alois oder Schorsch?«

Die beiden Studenten kellnerten seit ungefähr einem Jahr bei uns.

»Der Alois hat's doch seit Tagen im Kreuz, und der Schorsch hat mich vor einer Stunde angerufen und mir gesagt, dass er heute schon wieder nicht kommen kann. Gestern hatte er sich den Knöchel verstaucht und heute hat er mir eine Story von der wilden Sau erzählt. Seine Geschichten werden immer bescheuerter, soll er doch gleich sagen, dass er bei dem Wetter lieber mit seiner Freundin irgendwo Party macht! Wenn ihm keine glaubwürdige Ausrede einfällt, ruft er immer bei mir an statt bei dir. Aber ich lass mich nicht für blöd verkaufen!«

»Auweia, da ist aber heute einer schlecht gelaunt!«

Ich ging zu ihm hin und packte mit an, der Schweiß kroch

mir sofort wieder aus allen Poren, obwohl ich gerade erst eine erfrischende Dusche genommen hatte.

»Scheiß Hitze«, knurrte Andreas weiter, »wenn ich die Schlepperei heute Abend gemacht hätte, wäre ich zur Lokalöffnung schweißgebadet gewesen. Was riecht denn hier so lecker?«

»Ein Bierbraten, willst du ein Stück davon?« Vielleicht würde sich die Laune von Andreas durch eine ordentliche Mahlzeit wieder heben.

Wir ordneten die Stühle in Reih und Glied und gingen anschließend in die Küche, wo ich Andreas eine dicke Scheibe Braten mit viel Soße servierte.

»Hmm, Maja, warum machst du das nicht öfter?«

»Wenn ich den ganzen Tag hinterm Herd stehen wollte, hätte ich ein Speiselokal und keine Weinstube!«, entgegnete ich trocken. »Erzähl mir die neueste Ausrede von Schorsch, dann werd ich dir eine Geschichte erzählen, die noch viel unglaubwürdiger ist, wetten?«

Andreas hatte sicher noch nichts vom Mord im Chorbus gehört.

»Er sagte, der Vater seiner Freundin sei bei einem Ausflug erwürgt worden, und jetzt müsse er sich um selbige kümmern.«

»Das gibt's doch nicht!«

»Sag ich doch!«

»Weißt du, wie seine Freundin heißt?«

»Denise, Denise Hofstaller oder so ähnlich, warum?«

Ich erzählte Andreas alles, was sich gestern zugetragen hatte.

»Mein Gott, dann ist es also wahr? Aber wer hätte das denn ahnen können?« Andreas starrte mich entsetzt an.

Ich blickte kurz auf die Uhr und erschrak. »Verdammt, jetzt hab ich mich verquatscht, ich muss in fünf Minuten bei der Polizei sein, also bis später!«

Eigentlich hatte ich gemütlich zu Fuß gehen wollen, aber

jetzt blieb mir nichts anderes übrig, als meinen heißen Minivan zu benützen, der seit Stunden in der Sonne schmorte.

Nach fünf Minuten in der fahrenden Sauna kam ich zwar fast pünktlich bei der Polizeiinspektion in der Haydstraße an, mein rotes Sommerkleid war allerdings reichlich mit dunkelroten Schweißflecken übersät.

Im Flur der Polizeiinspektion begegnete mir Franziska aus dem Sopran.

»Maja, auf wen tippst du?«, flüsterte sie mir verschwörerisch zu. »Ich habe meinen Verdacht, und den habe ich dem Scheffel auch gleich mitgeteilt.«

»Welchen Verdacht hast du denn?«, fragte ich neugierig.

»Natürlich Brigitte, und ich kann sie sogar verstehen!«

»Aber für so etwas braucht man doch Kraft!«

»Vielleicht hat sie eine Schnur genommen und ganz schnell zugezogen!«

»Magnus wurde doch erwürgt und nicht erdrosselt!«

»Du weißt natürlich wieder alles besser«, meinte sie schnippisch und ging davon.

Der Polizeibeamte, der mich in den ersten Stock begleitet hatte, klopfte an eine Tür, ein muffiges »Herein!« drang nach draußen.

Kommissar Scheffel und ein mir unbekannter Kollege saßen an einem breiten Tisch und begrüßten mich. Das Hemd des Kommissars hatte auf der Knopfleiste einen länglichen trockenen Fleck, der Rest des Stoffes war einheitlich schweißnass. Sein schütteres Haar klebte am bulligen Kopf, sein Gesicht glänzte.

»Frau Kuckuck, die Fantasie ihrer Mitsängerinnen hat mir heute schon derart zugesetzt, dass ich Ihnen äußerst dankbar wäre, wenn Sie mir auf präzise Fragen bitte knappe und eindeutige Antworten geben würden. Wann haben Sie Magnus Hofstaller zuletzt lebend gesehen?«

»Kurz vor Greding.« Ich kam der Aufforderung des Kommissars nach und fasste mich kurz.

»Geht's vielleicht etwas genauer?«

»Klar, ich bin im Bus nach unten gegangen, um Getränke zu holen. Als ich mir links und rechts ein paar Flaschen unter den Arm geklemmt hatte, regte sich Magnus darüber auf, dass die Getränke von der Chorkasse bezahlt würden und dass wir unseren Konsum seiner Meinung nach selbst finanzieren sollten.«

»Können Sie bestätigen, dass die Toilette von Bamberg bis Greding ununterbrochen besetzt war?«

»Ich habe es mitbekommen, aber dass die Toilette tatsächlich die ganze Zeit über besetzt war, kann ich nicht bestätigen.«

Das Telefon klingelte, der Kommissar rief genervt in den Hörer:

»Was ist denn? Was? Na schön, stellen Sie durch!«

Er wischte sich mit dem Handrücken den Schweiß von der Stirn und hörte eine kurze Weile der Stimme am anderen Ende der Leitung zu.

»Ja, Frau Hofstaller, das ist tatsächlich so, wie Ihnen der Kollege gesagt hat. Wir brauchen die Kleidung Ihres Mannes noch für kriminaltechnische Untersuchungen, aber sobald diese abgeschlossen sind, werden wir Ihnen die Sachen selbstverständlich zukommen lassen.«

Kurze Pause.

»Natürlich, Frau Hofstaller, aber jetzt entschuldigen Sie mich, ich bin mitten in einer Vernehmung.«

Kommissar Scheffel legte auf und sah kopfschüttelnd seinen Kollegen an, dann wandte er sich wieder mir zu.

»Frau Kuckuck, haben Sie gesehen, was Magnus Hofstaller während des Aufenthaltes in Greding gemacht hat?«

Ich überlegte kurz, war mir dann aber ganz sicher: »Als ich den Bus verließ, um in Greding auf die Toilette zu gehen, saß er noch an seinem Platz. Als ich wieder einstieg, saß er ebenfalls dort.«

»Können Sie mit Bestimmtheit sagen, dass er zu diesem

Zeitpunkt noch am Leben war?«, fragte der Kommissar und sah mich dabei erwartungsvoll an.

»Ich nahm an, er würde schlafen. Es gab einige Leute im Untergeschoss des Busses, die mit geschlossenen Augen auf ihren Plätzen sitzen blieben und nicht ausstiegen.«

»Magnus Hofstaller könnte zu diesem Zeitpunkt also genauso gut schon tot gewesen sein?« Kommissar Scheffel erhob die Stimme.

»Wenn Sie mich so fragen, ja!«

Der Kommissar schlug mit der Faust auf den Tisch und schrie: »Verdammt! Warum kann mir keiner diese Frage beantworten!«

Er goss sich aus einer Karaffe Wasser in ein Glas und trank alles in einem Zug leer.

»So, Frau Kuckuck, und jetzt bitte ich Sie um eine knappe und präzise Antwort: Wissen Sie, ob jemand Grund hatte, Magnus Hofstaller umzubringen?«

»Nein«, hielt ich mich abermals an die Anweisung des Kommissars. Sein gespannter Blick blieb mehrere Sekunden an mir haften, als würde er doch noch auf weitere Informationen hoffen.

»Na schön, Frau Kuckuck, ich danke Ihnen für Ihre Auskunft, und ich möchte an dieser Stelle in aller Form deutlich machen, dass der Fall erhebliches Fingerspitzengefühl verlangt, schließlich kommt ja nur ein bestimmter Täterkreis in Frage. Ich will unter allen Umständen vermeiden, dass gegen die eine oder andere unschuldige Person Rufmordkampagnen gestartet werden, Sie wissen doch, was ich meine!«

»Natürlich, Herr Kommissar.«

»Und selbstverständlich werden Sie die Geier von der Presse abweisen, falls es jemandem einfallen sollte, bei Ihnen aufzukreuzen! Das ist hoffentlich klar, Frau Kuckuck!«

Ich begann nervös zu hüsteln und nickte beiläufig.

»Dann auf Wiedersehen!« Die beiden Polizeibeamten standen auf und gaben mir die Hand, ich sah zu, dass ich wegkam.

So ein Mist, dachte ich, als ich wieder hinaus ins Freie trat. Hektisch kramte ich in meiner Handtasche nach dem Handy und ließ mich von der Auskunft mit dem Freisinger Tagblatt verbinden, dort verlangte ich Frau Waller.

»Es tut mir leid, Frau Kuckuck, aber der Artikel ist schon im Druck. Was haben Sie denn auf einmal?«

Ich erklärte Frau Waller, weswegen ich die ganze Aktion wieder rückgängig machen wollte.

»Ach, der Kommissar! Machen Sie sich keine Gedanken, Frau Kuckuck, wir haben Pressefreiheit in diesem Land!«

Damit war die Sache für Frau Waller erledigt. Oje, das roch verdammt nach Ärger. Mit ungutem Gefühl fuhr ich wieder nach Hause und genehmigte mir zur Beruhigung erst einmal ein kühles Pils.

5

»Hausgemachter Bierbraten« stand auf der Tafel am Eingang der Weinstube. Ich war eher skeptisch, dass warmes Essen bei diesen Temperaturen gehen würde, obwohl der Braten wirklich ausgezeichnet gelungen war.

Die Frauen-Union trudelte langsam ein und ließ sich am reservierten Tisch nieder. Mir fiel auf, dass einige der Damen sehr hübsche Dirndl trugen, Sonjas Geschäft musste gut laufen. Just bei diesem Gedanken kam Sonja zur Tür herein und setzte sich zu den Damen an den Tisch.

Ich ging zu ihr hin und begrüßte sie: »Nanu, Sonja, seit wann bist du bei der Frauen-Union?«

»Noch nicht sehr lange«, flüsterte sie mir hinter vorgehaltener Hand zu, »aber ich dachte, das könnte nicht schaden!«

Damit hatte sie wohl recht.

»Und, wie war dein Verhör bei der Polizei?«, fragte sie mit normaler Stimme.

Einige Damen um uns herum griffen das Thema sofort auf und berichteten den noch unwissenden Vereinsmitgliedern, was passiert war.

»Der Kommissar hat mir wahrscheinlich die gleichen Fragen gestellt wie allen anderen. Ich hatte jedenfalls nicht das Gefühl, dass er bereits eine heiße Spur hat.«

»Hat er dich auch gefragt, wen du verdächtigst?«, fragte Sonja nervös.

»Nicht direkt, wieso, wen verdächtigst du denn?«

»Ach Maja, ich kann mir einfach nicht vorstellen, dass jemand von uns Magnus umgebracht haben könnte. Ich habe schreckliche Angst, dass die meisten Chormitglieder genauso denken und deswegen meinen Till verdächtigen, bloß weil sie ihn nicht kennen.«

»Aber es waren doch noch mehr männliche Begleitpersonen dabei, die den meisten Chorsängern unbekannt waren.«

»Sabine hatte ihren neuen Freund dabei, und Monika hat so einen Typen mitgeschleift, der vorher wahrscheinlich noch nie mit Kultur in Berührung gekommen ist, jedenfalls machte er einen ziemlich proletenhaften Eindruck. Maja, ich bin sicher, dass es darauf hinauslaufen wird, dass diese drei Personen zu den Hauptverdächtigen erklärt werden.«

Sonja machte eine kurze Pause und fächelte sich mit einem bajuwarisch bestickten Fächer Wind zu, um ihre Aufregung zu überspielen.

»Maja, stell dir vor, die Polizei verhaftet meinen Till, obwohl er es gar nicht war, und dann sperren sie ihn irgendwo ein, und dann bin ich wieder allein, und dann ...«

Sie konnte vor Panik kaum weitersprechen.

»Gehen wir einfach mal davon aus, dass Kommissar Scheffel den Richtigen verhaften wird.« Es gelang mir kaum, sie zu beruhigen.

Frau Salzbrösel, die Vorsitzende der Frauen-Union, stand auf und ergriff das Wort, ich verzog mich mit meinem schlechten Gewissen hinter den Tresen. Wenn Sonja morgen in der Zeitung lesen würde, dass ich Frau Waller gegenüber genau in diese Kerbe geschlagen hatte, würde sie bestimmt kein Wort mehr mit mir wechseln.

Die Damen der Frauen-Union waren äußerst trinkfest, Andreas, Alois und ich hatten reichlich zu tun. Der übrige Bereich der Weinstube war zwar nur spärlich besetzt, aber immerhin hatte ich schon dreimal Bierbraten mit Kartoffelknödel serviert.

»Maja, kann ich morgen freihaben?« Alois passte mich unter Einsatz seines gesamten Charmes in einer ruhigen Minute ab.

»Wenn ich sicher wüsste, dass uns Schorsch morgen mit seiner Anwesenheit beehrt, gerne, aber sonst nicht.«

Alois schmollte. »Das hat man nun von seiner Zuverlässigkeit.«

»Was soll ich denn machen, Alois, du weißt genau, dass Andreas morgen seinen freien Tag hat. Ich kann mich nicht gleichzeitig um die Getränke und um die Snacks kümmern, das verstehst du doch.«

»Der Schorsch macht blau, wann es ihm passt, und ich bin hier der Depp!«

»Na, na, na, Alois, jetzt sei nicht ungerecht. Du hast in den letzten Wochen auch mehrmals freie Tage außer der Reihe genommen, und der Schorsch macht heute nicht blau, sondern er muss sich um seine Freundin kümmern. Ihr Vater ist gestern erwürgt worden.«

»Was?«

Ich erzählte Alois, was passiert war.

»Der Schorsch hat diesen Hofstaller nicht leiden können, wahrscheinlich ist er froh, dass er jetzt endlich seine Ruhe vor ihm hat.«

Alois wusste offenbar einiges über Schorschs private Probleme.

»Warum hat er ihn denn nicht gemocht?« Das interessierte mich.

»Der Hofstaller hatte doch einen großen Steinmetzbetrieb. Da hat er sich irgend so einen Meister gezogen, so einen grobschlächtigen Kerl, und mit dem wollte er seine Tochter verkuppeln, damit der Betrieb nach seinem Ausscheiden weiter im Familienbesitz bleiben würde. Denise hat aber ihren eigenen Kopf, genau wie ihre Mutter, die erste Frau vom Hofstaller. Sie studiert mit dem Schorsch zusammen in Weihenstephan Landschaftsarchitektur und hat überhaupt keinen Bock auf den Steinmetzbetrieb und auf diesen Herkules-Typen. Der Hofstaller hat natürlich dem Schorsch die Schuld daran gegeben, dass sich Denise nicht für den Kerl und den väterlichen Betrieb interessiert, und deshalb sind die beiden wohl einige Male ordentlich zusammengerauscht.«

»Hilfe, eine Wespe!« Sonja Moll sprang auf und schrie hysterisch durch das Lokal. Andreas hatte kurz zuvor die Tür der Weinstube geöffnet, um für etwas frische Luft zu sorgen.

»Stell dich doch nicht so an, Sonja, wenn du weiter so fuchtelst, sticht sie dich garantiert!«, meinte eine der Damen an Sonjas Tisch.

»Aber ich bin doch allergisch! Hilfe, Maja, bitte hau das Viech wieder raus, bevor etwas passiert!«

Ich rannte mit einem Küchentuch zu Sonjas Tisch und jagte das angriffslustige Tier, bis es durch die geöffnete Tür ins Freie floh.

Natürlich war mir Sonjas Allergie bekannt, es hatte kaum einen Chorausflug gegeben, bei dem Sonja nicht den halben Chor auf Wespen- oder Bienenhatz geschickt hatte.

»Alles wieder in Ordnung!«, rief ich den Damen zu, Frau Salzbrösel fuhr mit ihrem Bericht fort.

Ich ging zu Alois zurück und zapfte mir ein schönes Pils, die Wespenjagd hatte mich zum x-ten Mal an diesem Tag anständig ins Schwitzen gebracht.

»Wo ist eigentlich die erste Frau vom Hofstaller abgeblieben? Es gab damals nach der Scheidung Gerüchte, sie habe sich auf Ibiza eine Bar gekauft!«

Alois legte den Kopf schief und meinte: »Ich glaube, sie lebt immer noch dort, jedenfalls hat Schorsch einmal irgendetwas in der Richtung erzählt.«

Frau Salzbrösel war mit ihrem Bericht fertig und ließ sich ordentlich beklatschen. Die Damen gingen zum gemütlichen Teil über und bestellten Snacks wie Wurstsalat oder Käseplatte. Mein leckerer Bierbraten ging ebenfalls zweimal weg.

Sonja bestellte nichts zu Essen, sondern starrte immer wieder sehnsüchtig zur Tür. Wartete sie auf Till Backhaus? Einige Minuten später betrat der gut aussehende Till tatsächlich die Weinstube. Sonja hüpfte von ihrem Platz, warf sich ihm an den Hals und küsste ihn demonstrativ so lange auf den Mund, bis auch der letzte Gast in der Weinstube kapiert haben musste, dass die beiden ein Liebespaar waren.

Die Damen der Frauen-Union tuschelten, Sonja führte ihren Liebsten stolz an den Tisch.

»Maja, kannst du bitte noch einen Stuhl für meinen Verlobten bringen?«

Ich glaubte, mich verhört zu haben. Verlobt? Na, das ging aber schnell. Andreas holte einen freien Stuhl, den ich ihm sogleich abnahm. »Lass nur, das mach ich selbst!«

Ich stellte den Stuhl neben Sonjas Platz und begrüßte Till Backhaus.

»Wer hätte gedacht, dass wir uns so bald wiedersehen!«

»Ich fürchte, Sie werden sich an mich gewöhnen müssen, ich werde Sonja in Zukunft begleiten, wann immer ich kann!«

Till Backhaus sah Sonja so verliebt an, dass ich mich in einem Hollywood-Liebesfilm wähnte. War das wirklich wahre Liebe? Wahrscheinlich hatte er es doch bloß auf Sonjas Geld abgesehen, deswegen auch die Eile mit der Verlobung. Was machte dieser Backhaus eigentlich beruflich? Könnte er der Mörder von Magnus Hofstaller sein? Ich beschloss, mir den Kerl näher anzusehen und wartete, bis sich die ersten Damen am Tisch der Frauen-Union verabschiedet hatten. Nachdem es im Lokal endlich ruhiger geworden war, setzte ich mich zu Sonja und Till.

»Na, Herr Backhaus, haben Sie Ihr Verhör bei der Polizei schon hinter sich?«, fragte ich direkt.

»Ja, ich glaube, die gehen nach dem Alphabet vor, deshalb war ich gleich am Morgen dran.«

»Kannten Sie Magnus Hofstaller überhaupt?«

»Nein, da ich in Pfaffenhofen wohne, kenne ich nicht sehr viele Leute in Freising.«

»Aber das wird sich ja jetzt ändern, Till wird in den nächsten Tagen zu mir ziehen!« Sonja tätschelte ihrem Liebsten den Arm.

»Und wo arbeiten Sie, wenn ich fragen darf?« Till Backhaus schien meine Neugierde nichts auszumachen, er plauderte offen drauflos.

»Ich bin Kunsterzieher an zwei Schulen in Pfaffenhofen, außerdem gebe ich Kurse an der Volkshochschule in Freising.«

»Du musst wissen, Maja«, schaltete sich Sonja ein, »Till ist ein begnadeter Künstler. Ich habe ihm eine alte Scheune gekauft, in der er sein neues Atelier einrichten kann. Er arbeitet mit den verschiedensten Materialien, sogar mit Schrott. Du glaubst nicht, was Till aus alten, kaputten Sachen bastelt! Willst du nicht einmal einen Kurs bei ihm machen, du wirst begeistert sein!« Sonja konnte sich kaum bremsen.

»Aber Schatz, du kannst Frau Kuckuck doch nicht einfach einen Kurs bei mir aufdrängen, du weißt doch gar nicht, ob sie sich für solche Dinge interessiert!«, meinte Till Backhaus bescheiden.

»Was geben Sie denn für Kurse?«, fragte ich.

»Der nächste Tageskurs findet im Rahmen der Sommerakademie statt, jeder Teilnehmer stellt einen Gipskopf mit seinem persönlichen Profil her.«

»Ha, da bin ich dabei! Mein Schwiegersohn hat in drei Wochen Geburtstag, das ist genau das richtige Geschenk für ihn!« Bestens gelaunt lachte ich in mich hinein. Plötzlich fiel mir der Zeitungsartikel von Frau Waller wieder ein, der morgen erscheinen würde. Ob Herr Backhaus danach überhaupt noch mit mir sprechen wollte?

6

Am nächsten Morgen griff ich gespannt nach meiner Lesebrille und schlug im Freisinger Tagblatt den Lokalteil auf. Gleich auf der ersten Seite berichtete die Zeitung über den gewaltsamen Tod von Magnus Hofstaller und widmete ihm einen Nachruf, den ich jedoch übersprang. Auf Seite drei erblickte ich endlich mein Konterfei in einem Kasten, daneben standen zwei Spalten Text. Zunächst ging Frau Waller nochmals auf die bekannten Tatumstände ein, dann schwenkte sie um auf meine Person: »Als langjähriges Chormitglied hat die stadtbekannte Weinwirtin Maja Kuckuck den Mord hautnah miterlebt, sie äußerte sich unserer Zeitung gegenüber offen. Der Verstorbene war laut Kuckuck sehr geizig, sodass finanzielle Beweggründe für die Tat nicht unwahrscheinlich seien. Vom Chor selbst könne es niemand gewesen sein, so Kuckuck, aber es seien einige männliche Begleitpersonen im Bus dabei gewesen, denen sie die Tat durchaus zutraue. Besonders einer dieser Männer habe sich sehr verdächtig verhalten.«

Ich lief sofort zum Telefon und schaltete den Anrufbeantworter ein, um Kommissar Scheffels Morgengruß nicht persönlich entgegennehmen zu müssen. Dann blätterte ich wieder zurück und las den Nachruf auf der ersten Seite. Magnus Hofstaller hatte die Stadt Freising offenbar in besonderem Maße künstlerisch bereichert, für einige seiner Grabsteine hatte er sogar Preise und Auszeichnungen erhalten. Da schau her, das wusste ich gar nicht!

Das Telefon klingelte, ich drehte den Lautsprecher auf und hörte mit.

»Maja, du bist so gemein! Ich dachte, du wärst meine Freundin, stattdessen versuchst du, mein Leben kaputt zu machen!

Ich will nichts mehr mit dir zu tun haben, ich werde sogar aus dem Chor austreten, damit ich dich nicht mehr sehen muss!« Sonja Moll war außer Rand und Band.

So ein Mist, das wollte ich wirklich nicht! Ich mochte Sonja, sie war ein gutmütiger Mensch und immer zu allen Leuten freundlich, selbst wenn man ihr ansah, dass es ihr persönlich nicht besonders gut ging. Aber dieser Gigolo hatte ihr dermaßen den Kopf verdreht, dass sie ihre alten Tugenden vergessen hatte und mich wüst beschimpfte. War ich es einer alten Freundin nicht schuldig, etwas auf sie aufzupassen? Liebe macht blind, sagt der Volksmund, und Sonja war drauf und dran, eine große Dummheit zu begehen. Es lag doch auf der Hand, dass dieser Backhaus nur hinter ihrem Geld her war. Warum suchte er sich eine Frau aus, die zehn Jahre älter, pummelig und altmodisch war, wenn er bei seinem Aussehen doch ganz andere Möglichkeiten hätte? Mag sein, dass er mit dem Tod von Magnus Hofstaller nicht das Geringste zu tun hatte, aber die schnelle Verlobung mit Sonja war mir nicht geheuer. Was hatte sie gestern gesagt? Sie hatte ihm bereits eine Scheune für seine künstlerischen Rostlauben gekauft. Es war höchste Zeit, dass ihr jemand die Augen öffnete! Kurz entschlossen schlüpfte ich in meine neuen, hellblauen Pumps und machte mich auf den Weg zum Marienplatz, zu Sonjas Trachtenmodengeschäft.

Die Sonne brannte vom Himmel, dieser Tag würde ebenso heiß werden wie der gestrige. Es war genau das richtige Wetter, um meinen alten Drahtesel wieder einmal zu benützen, der Fahrtwind würde mir guttun. Ich schob mein leicht angerostetes Dreigangrad aus der Scheune im Hof hinter der Weinstube und stieg schwungvoll auf. An der Gabelung Landshuter und Kölblstraße hielt ich bei Rot an und wartete. Irgend so ein Schleicher schien den ganzen Verkehr aufzuhalten, der aus der Kölblstraße kam. Aus offenen Autofenstern war bereits lautes Fluchen hörbar. Da sah ich es auch! Einem Fahrschulauto war kurz vor der Ampel der

Motor abgestorben, und eine junge Fahrlehrerin redete fuchtelnd auf ihren Fahrschüler ein, der eine verblüffende Ähnlichkeit mit Herrn Thurgau, unserem werten Chorleiter, hatte. Das schau ich mir an, entschied ich spontan und blieb am Straßenrand stehen, obwohl meine Ampel Grün zeigte. Kurz darauf begann der Verkehr wieder, in die Landshuter Straße zu rollen, an der Spitze der Autoschlange Herr Thurgau, schwer bemüht, bei Tempo zwanzig die Spur zu halten. Das gibt's nicht! Sofort suchte ich mein Handy in der Handtasche und funkte Lilli durch, was ich eben gesehen hatte.

Lilli prustete los: »Und du bist wirklich sicher, dass das der Thurgau war?«

»Tausendprozentig! Die Fahrlehrerin stand kurz vorm Nervenzusammenbruch!«

»Weißt du, dass ich gerade bei dir anrufen wollte? Du hast mir gar nicht gesagt, dass die Zeitung bei dir war! Wen hast du denn damit gemeint, als du sagtest, eine der Begleitpersonen erschien dir besonders verdächtig?«

»Ach Lilli«, stöhnte ich, »da ist was schiefgelaufen. Natürlich ist mir dieser Backhaus verdächtig vorgekommen, aber rein gefühlsmäßig, verstehst du? Jedenfalls ist Sonja jetzt total sauer auf mich, ich bin gerade auf dem Weg zu ihr, um die Sache wieder geradezubiegen.«

»Ich stehe voll hinter dir, Maja, diesem Backhaus würde ich zwischen vierundzwanzig Uhr und Mitternacht nicht trauen, so einen Märchenprinzen gibt's doch nicht!«

»Erzähl das Sonja!«

Ein lauter, zum Himmel stinkender Lkw stellte sich neben mich, ich beendete das Gespräch und versprach Lilli, sie später anzurufen.

Das holprige Kopfsteinpflaster in der General-von-Nagel-Straße ließ mein Doppelkinn so unvorteilhaft erzittern, dass ich abstieg und mein Rad bis zur Unteren Hauptstraße schob.

»Wer sein Rad liebt, der schiebt!«, tönte es von einem der Tische vor der Eisdiele der Altstadt-Galerie, ein supergescheiter Pensionär grinste weise. So ein Depp!

Endlich stand ich vor »Sonjas Trachtenmoden«. Ich stellte mein Rad ab und ging hinein.

Eine Verkäuferin suchte gerade eine passende Lederhose für einen Herrn mit Schnauzbart, Sonja war nicht zu sehen.

»Aua!«, schrie eine Frauenstimme aus der Umkleidekabine. »Frau Moll, das war jetzt schon das dritte Mal, dass Sie mich gestochen haben. Was ist denn heute los mit Ihnen?«

»Entschuldigung, Frau Bergnagel, die Hitze macht mir zu schaffen.«

Aha, die Frau des Oberbürgermeisters ließ sich rechtzeitig zur Volksfest-Saison ein neues Dirndl anpassen.

»Grüß Gott, suchen Sie etwas Bestimmtes?«, fragte mich eine weitere Verkäuferin, die plötzlich neben mir stand.

»Ich warte auf Frau Moll«, sagte ich kurz und setzte mich auf den kunstvoll geschnitzten Holzhocker, der in der Mitte des Geschäfts stand.

»Dieses Stück ist eigentlich Dekoration«, meinte die Verkäuferin pikiert.

»Keine Sorge, ich habe eine Haftpflichtversicherung«, beruhigte ich sie.

Sonja kam mit dem Dirndl von Frau Bergnagel über dem Arm aus der Umkleidekabine und blickte mich mit aufgerissenen Augen an. Im ersten Moment sah es so aus, als würde sie mich hinauswerfen wollen, dann überlegte sie es sich jedoch anders. Sie brachte das Dirndl ins Nebenzimmer, verabschiedete sich von Frau Bergnagel und informierte ihre Verkäuferinnen, dass sie kurz wegginge.

Wir verließen wortlos das Geschäft, Sonja steuerte auf das Café Tratsch zu. Auf dem Balkon des Cafés war noch ein Tisch direkt an der Brüstung frei, an dem wir Platz nahmen. Der Blick von hier oben auf den Marienplatz und das geschäftige Treiben der Freisinger war einzigartig.

»Willst du dich entschuldigen, Maja?« Sonja legte mir die Worte, die sie hören wollte, quasi in den Mund.

»Sonja, es tut mir leid, dass du diesen Zeitungsartikel missverstanden hast. Du hast doch selbst gesagt, dass du dir nicht vorstellen kannst, dass jemand vom Chor Magnus umgebracht hat. Was ist denn die logische Konsequenz daraus?«

»Aber es waren doch auch andere Gäste dabei, nicht nur Till!«

»Ich habe ja auch keinen Namen genannt!«

»Aber du hast ihn gemeint!«

»Sonja, du musst doch zugeben, dass es eher ungewöhnlich ist, dass sich ein wesentlich jüngerer Mann, der noch dazu blendend aussieht …«

»… in mich verliebt. Das ist es doch, was du sagen willst!«

»Nicht direkt, aber ich mache mir eben Sorgen um dich. Du bist eine wohlhabende Frau, die meisten Heiratsschwindler sind charmant und gut aussehend …«

»Aber Till ist kein Heiratsschwindler!« Sonja unterbrach mich erneut. Der Kellner, der uns gerade bedienen wollte, machte auf dem Absatz wieder kehrt, da er die Brisanz unseres Gespräches sofort erfasst hatte. »Und wenn du es genau wissen willst: Ich habe ihn gefragt, ob er mich heiraten will, nicht andersherum! Das sage ich aber nur dir, damit du dich wieder beruhigst!«

»Und wenn er es genau darauf angelegt hatte?«

»Du bist ja bloß neidisch!«, warf mir Sonja entgegen und machte die Schotten dicht. Jetzt war sie total eingeschnappt.

»Sonja, vielleicht mag die eine oder andere Person aus dem Chor oder aus der Frauen-Union ja neidisch sein, aber ich doch nicht! Was sollte ich mit einem Mann? Das fehlt mir noch, dass einer in meinem Wohnzimmer sitzt und mir sagt, was ich zu tun und zu lassen habe!«

Über Sonjas Gesicht huschte ein Lächeln.

»Na schön, Maja, du bist die einzige Frau, der ich das

glaube. Es rührt mich auch fast ein wenig, dass du dir Sorgen um mich machst, aber das ist völlig unnötig!«

»Woher kennst du Till eigentlich?«, hakte ich nach.

»Er kam vor zwei Monaten in mein Geschäft und wollte sich eine Walkjacke kaufen. Es war Liebe auf den ersten Blick!«

»Bei dir oder bei ihm?«

»Bei beiden.« Sonja strahlte, ich hätte ihr dieses Glück wirklich gegönnt.

»Wenn du ihn besser kennengelernt hast, wirst du sehen, was er für ein wunderbarer Mann ist. Machst du jetzt diesen Gipskopf-Kurs?«

»Eigentlich hatte ich es vor. Vielleicht nehme ich meine Freundin Doris mit, du weißt schon, die Kulturreferentin, die ist für so etwas immer zu haben.«

»Das wäre eine wunderbare Idee, Maja. Solche Kontakte sind für Till nur von Vorteil.«

Wir bestellten zwei Cappuccino und genossen die Aussicht. Ich war froh, dass ich mich mit Sonja wieder versöhnt hatte.

»Frau Kuckuck, Sie bringen mich um den Verstand! Ich habe Ihnen doch klar und deutlich gesagt, dass Sie nicht mit der Presse sprechen sollen, stattdessen erzählen Sie dieser Waller etwas von Mordmotiven und von einem Verdächtigen! Wieso haben Sie mir nichts darüber gesagt! Ich erwarte eine Erklärung, und zwar sofort!«

Kommissar Scheffel hatte so laut auf meinen Anrufbeantworter gebrüllt, dass der Ton übersteuert und ziemlich schlecht zu verstehen war. Der nächste Anruf war von Doris.

»Hallo Maja, ich hab mir für heute Nachmittag freigenommen und will mit dem Rad zur Plantage fahren. Was hältst du von einem frisch Gezapften unter schattigen Bäumen?«

Das war eine wunderbare Idee, im Waldbiergarten Plantage war ich lange nicht mehr gewesen. Ich rief Doris zurück und verabredete mich mit ihr um drei Uhr bei mir. Was sollte ich jetzt mit dem Kommissar machen? Am besten gar nichts. Der Artikel war bereits gedruckt, daran konnte man nichts mehr ändern. Und was regte er sich denn so auf? Zuerst wollte er, dass ich mit Rücksicht auf seine kostbare Zeit ja kein Wort zu viel sage, und jetzt beschwerte er sich, dass ich ihm nicht mehr erzählt und meiner Fantasie freien Lauf gelassen hatte. Sollte er sich doch mehr Zeit für seine Frau nehmen, Ruth wüsste wahrscheinlich über jede Person aus dem Bus etwas Verdächtiges zu erzählen.

Um Punkt drei Uhr holte mich Doris ab, wir fuhren quer durch die Stadt und dann die Prinz-Ludwig-Straße und die Haindlfinger Straße hoch.

»Warum keuchst du so?«, fragte Doris grinsend.

»Weil du den Berg hinaufrast, als wäre das Bier in der Plantage knapp.«

»Wenn ich noch langsamer fahre, falle ich um.«

»Und wenn ich mich mit ausgelatschten Joggingschuhen genauso schwer in mein Rad stemmen würde wie du, hätte ich auch einen schnelleren Antritt.«

»Wer hat dir gesagt, dass man mit Stöckelschuhen Fahrrad fährt?«

»Eine wirkliche Dame macht alles mit Stöckelschuhen.«

Doris konnte es wieder mal nicht lassen, mich wegen meines Schuhticks aufzuziehen.

Wir bogen von der Haindlfinger Straße in den Waldweg zur Plantage ein, das wunderbare Geräusch von aneinanderschlagenden Maßkrügen wurde immer lauter. Endlich waren wir dort, wir stellten unsere Räder ab und entschieden uns für einen Tisch im oberen Bereich des Biergartens.

»Ich geh schon!« Doris marschierte zur Schänke vor und kam mit zwei gut eingeschenkten Maßkrügen zurück. Für Dienstagnachmittag war ziemlich viel los, bei dreißig Grad im Schatten ließ offenbar so mancher Freisinger die Arbeit ruhen.

»Schade, dass keine Blaskapelle spielt«, bedauerte Doris mit Blick auf das leere Podium, dann prosteten wir uns zu. »So, und jetzt möchte ich alles über den Hofstaller-Mord wissen!« Seit dieser tragischen Geschichte hatten Doris und ich uns nicht gesehen.

Nachdem ich ihr berichtet und auch gleich noch die Geschichte mit Sonja und Till Backhaus drangehängt hatte, kniff Doris die Augen zusammen und überlegte.

»Backhaus, irgendwie ist mir dieser Name ein Begriff.«

»Er gibt Kurse an der Volkshochschule, mit Gips und altem Eisen und so Zeug.«

»Ah, jetzt weiß ich es wieder, er hat der Stadt einen aus Schrott zusammengeschweißten Bären gestiftet, wo der jetzt steht, ist mir allerdings entfallen. Aber wenn ich mich recht erinnere, ist dieser Kerl ein richtiges Sahneschnittchen!«

»Doris! Ich glaube, deine Hormone tanzen!«

»Er scheint ein Faible für reife Frauen zu haben, ich würde ihn jedenfalls auch nicht von der Bettkante stoßen.«

»Dort wird er nicht aufkreuzen! Und was heißt hier reif, Sonja ist zweiundvierzig, du bist siebenundfünfzig. Das ist für einen zweiunddreißigjährigen Mann nicht reif, das ist Dörrobst!«

Doris lachte laut auf, trotzdem war ich mir nicht ganz sicher, ob sie die Sache nicht doch ernst gemeint hatte. Sie war zweimal geschieden, und ich hatte schon öfter beobachtet, dass sie für männliche Reize durchaus noch empfänglich war.

»Eigentlich wollte ich dich fragen, ob du Lust hättest, mit mir einen Kurs bei ihm zu machen –«

»Jeden!«, fiel mir Doris schmachtend ins Wort.

Ich stöhnte auf. »Unter diesen Umständen lassen wir es lieber.«

»Mensch, Maja, du fällst aber auch auf alles rein. Natürlich machen wir einen Kurs bei ihm! Um was geht es denn?«

»Wir stellen einen Gipskopf mit unserem eigenen Profil her, anschließend werde ich Salvatore das Kunstwerk zum Geburtstag schenken!«

»Klasse!« Doris klopfte sich auf die Schenkel. »Meinen bekommt der OB zu Weihnachten!«

Wir teilten uns eine weitere Maß und fuhren anschließend gemütlich nach Hause.

Nachdem ich mir ein kleines Nickerchen auf der Couch gegönnt hatte, machte ich mich für die Weinstube zurecht und ging hinunter.

»Schorsch ist da, kann ich jetzt freihaben?« Alois überfiel mich sofort, als ich die Tür öffnete. »Bitte, Maja, mein bester Kumpel feiert heute seinen Geburtstag an der Isar!«

»Also schön, dann bis morgen!«, gab ich nach. Man musste seine Mitarbeiter bei Laune halten, damit sie motiviert blieben. Als erfahrene Wirtin wusste ich nur zu gut, dass sich die Freundlichkeit des Personals letztendlich am Umsatz bemerkbar machte.

»Na, Schorsch, wie geht es deiner Freundin?«, erkundigte ich mich.

»Wieder besser. Denise hat ihren Vater gemocht, obwohl sie nicht viel gemeinsam hatten. Natürlich stand sie gestern total unter Schock, außerdem ist es ein Unterschied, ob jemand eines natürlichen Todes stirbt oder ermordet wird.«

»Kann sich Denise vorstellen, wer ihren Vater erwürgt haben könnte?«

Schorsch zögerte. »Sie sagte zwar, dass sie Brigitte Hofstaller alles zutraue, ist sich aber auch bewusst, dass Magnus seiner Frau körperlich weit überlegen war. Es wäre zu einem Kampf gekommen, den Brigitte verloren hätte.«

»Weißt du denn, wie es Brigitte inzwischen geht? Am Mordabend hatte ihr der Notarzt eine Beruhigungsspritze verabreichen müssen.«

»Ha! Der geht es mit Sicherheit blendend!« Schorsch machte kehrt und schnappte sich ein Tuch, um Gläser zu polieren. Er wollte offensichtlich nicht näher auf das Thema eingehen. Ob ich Brigitte morgen einen Besuch abstatten und ihr mein Beileid aussprechen sollte? Eigentlich gehörte sich das.

7

Der Himmel am Mittwochmorgen war mit schwarzen Wolken verhangen, es blitzte und donnerte, obwohl noch kein Tropfen Regen gefallen war. Der böige Wind schlug einige meiner gekippten Fenster auf und zu, ich beeilte mich, das Haus sturmfest zu machen. Im Nachthemd ging ich die Treppe nach unten und schloss die ebenfalls gekippten Fenster in der Weinstube. Endlich Abkühlung!

Während des Frühstücks studierte ich die Zeitung. Über den Mord an Magnus Hofstaller war nichts zu lesen, der Kontakt zwischen Presse und Polizei war wohl auf Eis gelegt worden. Bei den Todesanzeigen stand eine weitere Beileidsbekundung der Handwerkerinnung, das Datum von Magnus' Beerdigung schien jedoch immer noch nicht festzustehen.

Ich kippte den Rest meines Kaffees hinunter, zog mir schwarze Pumps an und machte mich auf zu Brigitte Hofstaller.

Das in der Nähe des Waldfriedhofs gelegene Haus der Hofstallers war Wohnhaus und Werkstatt zugleich. Im Vorgarten waren mehrere Grabsteine ausgestellt, die dem Kunden wohl einen kleinen Überblick über verschiedene Stile und Preisklassen geben sollten. »Steinmetz-Meisterbetrieb Magnus Hofstaller« stand in goldfarbenen Lettern über dem Eingang der Werkstatt. An der Tür klebte ein Zettel: »Wegen eines Trauerfalls in der Familie geschlossen.«

Da ich noch nie zuvor bei Hofstallers war, wusste ich nicht, ob der Eingang zur Wohnung durch die Werkstatt führte oder nicht. Ich machte ein paar Schritte auf den Eingang zu und sah mir die Schildchen neben den beiden Klingelknöpfen an. Auf dem unteren stand »Werkstatt/Büro«, auf dem oberen »Privat«. Ich klingelte bei »Privat« und wartete, aber niemand reagierte. Plötzlich donnerte es so laut, dass ich erschrocken zusammenfuhr. Zwei Sekunden später öffnete der Himmel sämtliche Schleusen, ein heftiger Platzregen prasselte auf Freising herab. Ohne groß nachzudenken drückte ich die goldene Klinke der Werkstatttür nach unten, die Tür sprang auf. Ich betrat einen kleinen Vorraum, von dem eine Treppe in den ersten Stock führte. Geradeaus ging es in die Werkstatt, die Zwischentür stand weit offen. Das Wetter glich einem Weltuntergang, es war ziemlich dunkel, dicke Hagelkörner donnerten gegen die Fensterscheiben der Werkstatt. Aus purer Neugierde ging ich weiter. Der Boden war staubig, die Luft trocken. Ehrfürchtig blieb ich vor einem wuchtigen, unbearbeiteten Natursteinblock stehen und wunderte mich darüber, wie sich ein Mensch dieses Material gefügig machen und sogar ein Kunstwerk daraus entstehen lassen konnte.

»Was schnüffeln Sie hier herum!« Eine tiefe, voluminöse Stimme riss mich aus meinen Gedanken, und ich drehte mich erschrocken um. Der Mann, der mir so nah gegenüberstand, dass ich seinen Atem spüren konnte, blickte drohend auf mich herab. Er war mindestens eins neunzig groß und hatte einen Körperbau, der mich an Arnold Schwarzenegger erinnerte. Allerdings war dieses Exemplar hier blond, und das breite, fast eckige Gesicht hatte tiefe Furchen, obwohl ich ihn höchstens auf dreißig schätzte. Seine stechend blauen Augen bohrten sich in meine. Der Mann war auch ohne direkten körperlichen Einsatz so Furcht einflößend, dass mir die Worte im Hals stecken blieben.

»Du hast die Tür offen gelassen, Schatz.« Ich hörte, wie Brigitte ihren nassen Schirm ausschüttelte und ihn im Vorraum zum Trocknen aufstellte.

Sie kam mit einer vom Regen durchweichten Papiertüte in der Hand in die Werkstatt und wurde kreidebleich, als sie mich sah.

Fragend starrte sie den Bodybuilder an und wusste nicht, was sie sagen sollte.

»Hallo, Brigitte«, ergriff ich das Wort, »ich wollte eigentlich zu dir, und auf einmal hat es so stark angefangen zu regnen, dass ich einfach die Tür aufgemacht habe und hineingegangen bin.«

»Ach Maja«, stammelte Brigitte verlegen, »aber das macht doch nichts. Ich war gerade beim Bäcker. Das ist übrigens Korbinian Hefner, er war die rechte Hand von Magnus.«

Der Bodybuilder streckte mir tatsächlich seine tellergroße Pratze entgegen.

»Korbinian ist natürlich auch sehr erschüttert über Magnus' Tod, ich habe ihn zum Frühstück eingeladen.«

Für wie bescheuert hältst du mich eigentlich, dachte ich bei mir, ich habe sehr genau gehört, dass du den Riesen Schatz genannt hast! Unter den gegebenen Umständen hielt ich es für besser, mich möglichst schnell wieder vom Acker zu machen.

»Ich wollte mich nur bei dir erkundigen, wann die Beerdigung von Magnus ist. In der Zeitung steht nichts.«

»Ja«, stöhnte Brigitte und warf die Hände zum Himmel, »das wüssten wir auch gerne. Die Polizei sagt, sie kann den Leichnam bis auf Weiteres nicht freigeben. Es ist wirklich eine Zumutung!«

»Das kann ich gut verstehen, dass diese Situation sehr belastend ist.« Ich mühte mich noch um ein paar Floskeln und verabschiedete mich. Im strömenden Regen lief ich zu meinem zwanzig Meter entfernt geparkten Auto, Hauptsache weg von hier. In Gegenwart dieses Gorillas fühlte ich mich mehr als unwohl.

Brigitte hatte also ein Verhältnis mit Korbinian Hefner, jüngere Liebhaber schienen zurzeit wirklich in Mode zu sein. Hatte dieser Hefner vielleicht Magnus Hofstaller im Bus erwürgt? Unsinn, er war doch gar nicht da gewesen, den schrankbreiten Muskelprotz hätte niemand übersehen. Wenn ich Denise Hofstaller wäre, würde ich auch lieber den netten Schorsch nehmen, dachte ich weiter, vor dem musste man sich wenigstens nicht fürchten. Bis auf die Haut durchnässt erreichte ich endlich mein Auto und fuhr nach Hause.

In der Zwischenzeit hatte Viola auf meinem Anrufbeantworter zum x-ten Mal Druck wegen des Bierbratenfilmchens gemacht. Ich zog mir trockene Sachen an und rief sie mit blütenweißem Gewissen zurück.

»Der Film ist unterwegs, er müsste in den nächsten Tagen bei euch ankommen. Stell dir vor, was ich gerade in Erfahrung gebracht habe: Brigitte Hofstaller hat einen Liebhaber!«

Ich berichtete Viola von dem eher unangenehmen, jedoch überaus aufschlussreichen Besuch in der Hofstaller-Werkstatt.

»Also, wenn das kein Mordmotiv ist! Ich bin durchaus der Meinung, dass eine Frau in der Lage wäre, einen Mann von hinten zu erwürgen, zumal, wenn man das Opfer im Schlaf überrascht.«

Da war ich doch eher skeptisch, aber ganz auszuschließen war diese Möglichkeit natürlich nicht. Ich wechselte das Thema. »Halt dich fest, Sonja Moll hat sich verlobt!«

»Nein! Dann hat sich also doch noch einer erbarmt! Lass mich raten, er ist bestimmt um die sechzig, stolzer Träger eines gepflegten Bierbauches und geht nie ohne Gamsbarthut aus dem Haus. Außerdem wurde der arme Mann bestimmt erst vor Kurzem von seiner bitterbösen Ehefrau verlassen, die seinen sensiblen Charakter mit Füßen getreten hat, oder so ähnlich …« Viola lachte auf.

»Da irrst du dich gewaltig, der Anwärter ist zweiunddreißig, ledig und ein Bild von einem Mann. Er könnte jede Frau um den Finger wickeln!«

Viola war sprachlos.

»Tja, die Geschmäcker in puncto Partnerwahl sind nicht

immer nachvollziehbar, mein Kind. Apropos, Salvatore bekommt heuer ein wunderbares Geburtstagsgeschenk von mir, er wird seine Freude dran haben.«

Mehr ließ ich mir natürlich nicht entlocken, sonst wäre die Überraschung dahin.

Nach dem Telefongespräch kuschelte ich mich in eine warme Decke auf dem Sofa ein. Die nasse Kleidung hatte mich ziemlich ausgekühlt, ich fröstelte immer noch ein wenig.

Just in dem Moment, als ich in die Weinstube hinuntergehen wollte, klingelte es an der Haustür. Kommissar Scheffel brüllte seinen Namen durch die Gegensprechanlage, ich betätigte den automatischen Türöffner.

Stinksauer rief mir der Kommissar bereits auf dem Weg nach oben entgegen: »Haben Sie Ihren Anrufbeantworter nicht abgehört? Ich warte die ganze Zeit darauf, dass Sie sich melden!«

Er ging an mir vorbei und steuerte auf das Wohnzimmer zu, wo er sich laut ächzend in einen Sessel plumpsen ließ. Dann griff er nach der Schale mit den Erdnüssen und stopfte gierig eine Handvoll davon in sich hinein.

»Fühlen Sie sich wie zu Hause!«, forderte ich ihn perplex auf.

»Ich habe seit dem Frühstück nichts gegessen. Haben Sie etwas zu trinken?«

Ich ging in die Küche und nahm ein Bier aus dem Kühlschrank. Nach zwei Metern drehte ich wieder um und tauschte das Bier gegen Mineralwasser aus, der Kommissar war schließlich im Dienst.

Hemmungslos nahm Kommissar Scheffel seine Schmatz- und Kaugeräusche mit dem eingeschalteten Diktiergerät auf, das er vor sich auf den Tisch gelegt hatte. Er aß so lange, bis keine Nuss mehr da war. Dann überraschte er mich unverhofft mit der Frage: »Wussten Sie, dass Magnus Hofstaller regelmäßig Tabletten nahm?«

»Nein, aber ich weiß, dass er vor etwa einem halben Jahr wegen irgendwelcher Herzprobleme zur Kur war.«

»Wir haben eine Tablettenbox mit verschiedenen Pillen in seiner Jackentasche gefunden. Haben Sie nie beobachtet, dass er welche eingenommen hat?«

»Ehrlich gesagt, habe ich weder nach den Chorproben noch bei irgendwelchen Ausflügen die Gesellschaft von Magnus Hofstaller gesucht, er war nicht gerade das, was man eine Stimmungskanone nennt. Weshalb sind die Tabletten denn so wichtig?«

»Nun, ich hatte gehofft, dass er vielleicht jemandem erzählt hatte, was er da einnimmt.«

»Aber sie brauchen die Tabletten doch nur untersuchen zu lassen, dann wissen Sie, was er geschluckt hat.«

Der Kommissar trank das Glas Mineralwasser aus und sagte: »Es waren ausschließlich Vitaminpräparate in der Box, sein Hausarzt hatte ihm aber das Herzmedikament Digitalis verschrieben. Brigitte Hofstaller behauptet, ihr Mann habe dieses Medikament nicht vertragen, und deswegen habe er es eigenmächtig wieder abgesetzt. Ist es nicht merkwürdig, dass jemand ohne Rücksprache mit dem Arzt ein lebensnotwendiges Medikament absetzt? Haben Sie vielleicht mitbekommen, dass sich Magnus Hofstaller in der letzten Zeit nicht wohlgefühlt hat?«

»Nein, aber wie gesagt hatte ich nicht besonders viel Kontakt mit ihm. Wollen Sie etwa andeuten, dass die Tabletten ohne Magnus' Wissen ausgetauscht worden sein könnten?«

»Ich will gar nichts andeuten, ich ermittle lediglich.« Der Kommissar ließ sich nicht in die Karten schauen, aber die Sache schien ihn sehr zu beschäftigen.

»Ich kann mir nicht vorstellen, dass es Vitaminpillen gibt, die exakt so aussehen wie das Herzmedikament, das Magnus vorher eingenommen hat«, vertiefte ich das Thema nochmals, »Magnus hätte den Unterschied doch bemerken müssen!«

»So ist es, das spricht für die Richtigkeit von Brigitte Hofstallers Aussage.«

»Ich verstehe immer noch nicht, weshalb Sie sich so für diese Tabletten interessieren, Magnus ist schließlich erwürgt worden. Oder ist er etwa doch an Herzversagen gestorben?«

Der Kommissar kniff die Augen zusammen und richtete sich im Sessel auf.

»Frau Kuckuck, da es offenbar in der weiblichen Natur liegt, vertrauliche Dinge nicht für sich behalten zu können, werde ich jetzt kein Wort mehr zu dem Thema sagen.« Er lehnte sich nach vorne und stützte die Hände vor seinem speckigen Bauch auf die Oberschenkel. »Und da Neid und Missgunst offenbar ebenfalls zur weiblichen Natur gehören, bin ich mir sicher, dass Sie wie fast alle Ihrer Chorkolleginnen den neuen Freund von Sonja Moll verdächtigen.« Er stand auf und brüllte: »Aber so einfach ist das nicht! Da können Sie gleich würfeln, wer der Täter ist!«

Der Kommissar ging mit schweren Schritten zur Wohnungstür.

»Ich bin überhaupt nicht neidisch, das habe ich gar nicht nötig!«, rief ich ihm hinterher, aber er war bereits auf dem Weg nach unten.

Ich lehnte mich zurück und dachte über das nach, was der Kommissar gesagt hatte. Magnus musste also dieses Digitalis einnehmen, aber seine Tablettenbox enthielt nur Vitaminpillen. Mir fiel der Anruf von Brigitte wieder ein, den ich vorgestern mitgehört hatte, als ich auf der Polizeiinspektion war. Sie hatte die Herausgabe des Anzugs ihres Mannes verlangt. War das nicht merkwürdig? Ging es ihr womöglich um die Tablettenbox, die sie an sich nehmen wollte, bevor jemand den Inhalt der Box untersuchte? Was wäre, wenn Brigitte den Kommissar angelogen und die Digitalis-Tabletten heimlich gegen Vitaminpillen ausgetauscht hätte? Wollte sie ihren Mann vielleicht auf diese Weise umbringen? Seit ich wusste, dass Brigitte ein Verhältnis mit Korbinian Hefner hatte, erschien mir der Gedanke gar nicht mehr so abwegig. Könnte es sein, dass Magnus aufgrund des fehlenden Medikaments im Bus einen Herzinfarkt erlitten hatte? Aber der Notarzt hatte doch gesagt, dass Magnus erwürgt worden war. Vielleicht hatte Brigitte ihren nach dem Herzinfarkt halbtoten und geschwächten Mann zur Sicherheit noch erwürgt. Nein, das war doch eher abwegig, sie konnte doch nicht wissen, wann genau Magnus' Herz versagen würde. Schorsch hatte gesagt, Denise Hofstaller traue ihrer Stiefmutter alles zu. Hatte ich tatsächlich jahrelang ein völlig falsches Bild von Brigitte gehabt?

Ich ging hinunter in die Weinstube und begrüßte einige Gäste.

»Hat sich Schorsch bei dir entschuldigt? Er ist immer noch nicht da«, flüsterte mir Andreas im Vorbeigehen zu.

Leicht verärgert ging ich zu Alois und fragte, ob er etwas wisse.

»Wahrscheinlich hat er das Kellnern nicht mehr nötig, seine Denise ist jetzt eine reiche Frau.«

»Alois, lass die Kirche im Dorf, das Haus mitsamt Werkstatt wird sich Denise sicher mit Brigitte Hofstaller teilen müssen«, war ich mir sicher.

»Da täuschst du dich aber gewaltig, Maja. Magnus Hofstaller war ein wohlhabender Mann, der Steinmetzbetrieb mit seinen fünf Angestellten muss einiges eingebracht haben. Das weiß ich alles von Schorsch. In dem Haus in der Erdinger Straße, in dem Denise wohnt, gibt es insgesamt zwölf Wohnungen, und im Erdgeschoss ist sogar noch ein Geschäft drin. Dreimal darfst du raten, wem das Haus gehört hat, und wer es jetzt geerbt hat.«

Die Tür ging auf, Schorsch kam herein.

»Tut mir leid, wir waren beim Schwimmen und hatten keine Uhr dabei«, erklärte er ohne erkennbar schlechtes Gewissen.

»So, so. Ich frage mich, weshalb Andreas und Alois immer pünktlich sind und du ständig zu spät kommst.«

Schorsch stöhnte. »Ich weiß, Maja, Pünktlichkeit war noch nie meine Stärke, aber ich arbeite daran!«

Was sollte man darauf sagen? Ich trug ihm auf, mit mir zusammen in der Küche ein paar Schinken- und Käseplatten herzurichten, die gerade bestellt worden waren. In der Küche würde ich Gelegenheit haben, ihn in aller Ruhe etwas näher über das Erbe von Denise Hofstaller auszufragen.

»Man erzählt sich, dass Denise das Haus in der Erdinger Straße erbt, ist das wahr?« Ich tat nur beiläufig interessiert.

»Ja.«

Sonderlich gesprächig war Schorsch nicht gerade.

»Und was ist mit Brigitte? Hat sie keinen Anspruch auf dieses Haus?«

»Nein, sie bekommt das Haus am Waldfriedhof, in dem sie wohnt.«

»Also ist sie auch die neue Chefin in der Werkstatt«, stellte ich laut fest.

»Nein, das ist Denise. Denise hat den Betrieb geerbt. Aua!« Schorsch hatte sich beim Abschneiden einer Scheibe Speck in den Zeigefinger geschnitten, das Blut tropfte auf den Küchentisch. Schnell ging ich zum Erste-Hilfe-Kasten und holte Verbandszeug, um ihn zu verarzten. Er war kreidebleich im Gesicht, wahrscheinlich konnte er kein Blut sehen.

»Am besten bleibst du erst einmal hier sitzen, ich mache die Platten allein fertig«, schlug ich vor.

Nachdem ich die Snacks nach draußen gebracht hatte, zapfte ich zwei Pils und ging damit in die Küche. Alois schaute mir missmutig hinterher.

»Das wird dir guttun«, meinte ich fürsorglich und gab Schorsch das Pils. Wir tranken ein paar kräftige Schlucke, ich setzte mich zu ihm.

»Hast du Angst, dass dir dieser Schwarzenegger-Verschnitt deine Denise ausspannt?«, fragte ich ihn direkt.

»Woher kennst du den Typen?« Schorsch sah mich mit großen Augen an.

»Ach, ich habe ihn zufällig mal gesehen. Ein eher unsympathischer Zeitgenosse.«

»Das kannst du laut sagen. Weißt du, was der alte Hofstaller in seinem Testament verfügt hat? Wenn Denise diesen Gorilla nicht bis zu ihrem dreißigsten Lebensjahr geheiratet hat, geht der Steinmetzbetrieb an Brigitte über.« Schorsch schüttelte heftig den Kopf, sodass seine dunkelbraunen Locken hin- und herflogen.

»Das passt zu Magnus. Offenbar hatte er darauf gehofft, dass seine Tochter genauso hinter dem Geld her ist, wie er es war.«

»Denise hasst den Hefner, sie würde ihn niemals heiraten, auch nicht für viel Geld!«, schrie Schorsch und schlug mit der verletzten Hand auf den Küchentisch. Er jaulte kurz auf und betäubte seinen Schmerz, indem er das restliche Pils in einem Zug leerte.

»Na, dann ist ja alles in Ordnung«, stellte ich zusammenfassend fest und ging mit Schorsch zurück in die Weinstube.

Dieser Korbinian Hefner war wirklich mit allen Wassern gewaschen. Für den Fall, dass ihn Denise nicht heiraten wollte, hielt er sich schon mal die nächste Erbin warm. Ob Schorsch vom Verhältnis der beiden wusste? Wahrscheinlich nicht, sonst würde er gelassener auf Korbinian Hefner reagieren.

Um halb zehn kamen Sonja und Till Backhaus in die Weinstube.

»Hallo, Maja, wir kommen noch auf einen kurzen Schlummertrunk bei dir vorbei.« Sonja begrüßte mich strahlend. »Außerdem müssen wir dir etwas Wichtiges sagen.« Die beiden wechselten verliebte Blicke.

Ich führte sie an einen ruhigen Ecktisch.

»Wir hätten gerne ein Fläschchen von dem Grünen Veltliner, den wir vorgestern hatten, der war ausgezeichnet. Sie trinken doch ein Glas mit uns!« Till Backhaus legte entspannt seinen Arm um Sonjas Hüfte.

Ich holte die Flasche Weißwein und drei Gläser, dann setzte ich mich zu den beiden. Nachdem wir angestoßen und getrunken hatten, fing Till Backhaus feierlich an: »Ich weiß zwar, dass es sich nicht gehört, wenn die jüngere Person der älteren das Du anbietet, aber ich würde die Frau gerne duzen, die auf unserer Hochzeit …«

»Ich will es ihr sagen!«, unterbrach ihn Sonja. »Maja, wir möchten sehr gerne, dass du auf unserer Hochzeit in drei Wochen das ›Ave verum‹ von Mozart singst. Das wirst du uns doch nicht abschlagen, oder?«

Da musste ich erst einmal schlucken. In drei Wochen? Die beiden waren ja schneller, als die Polizei erlaubt.

»In drei Wochen schon?«, fragte ich überrascht.

»Ja, wir hatten Glück, sowohl beim Standesamt als auch beim Pfarrer haben wir sofort einen Termin bekommen. Freust du dich denn nicht?« Sonja hatte wohl eine andere Reaktion meinerseits erwartet.

»Aber natürlich freue ich mich, und selbstverständlich werde ich für das Brautpaar singen!« Da ließ ich mich nicht zweimal bitten, das versteht sich von selbst! Als einziges Mitglied unseres Kirchenchores hatte ich schon einmal ein kleines Alt-Solo in einem Konzert gesungen, zu diesem Zweck hatte ich auf Druck von Herrn Thurgau sogar längere Zeit Gesangsunterricht genommen. Die Aussicht auf meinen glanzvollen Auftritt hob meine Laune ungemein und verscheuchte meine ursprünglichen Bedenken hinsichtlich der schnellen Eheschließung.

»Also dann, Till, ich bin Maja!«, sagte ich überflüssigerweise und stieß noch mal mit den beiden an.

Till erzählte von verschiedenen technischen Pannen bei seinem Umzug zu Sonja, der gerade in vollem Gang war, und gab mehrere Anekdoten über seine schrullige ehemalige Vermieterin zum Besten. Es war ein heiterer Abend, der junge Mann wurde mir immer sympathischer. Meine Vorurteile wegen des Altersunterschiedes der beiden waren doch eher antiquiert, gestand ich mir ein. Man musste mit der Zeit gehen, solche Verbindungen waren heutzutage keine Seltenheit.

Um halb zwölf dachte ich kurz, ich hätte ein Gläschen zu viel getrunken. Herr Thurgau betrat die Weinstube und sah sich suchend nach mir um. Was war denn das? Die seltenen Besuche von Herrn Thurgau in meinem Lokal waren fast immer mit einer gesellschaftlichen Pflicht verknüpft, wenn er beispielsweise nicht umhin kam, einer Geburtstagsfeier eines Chormitgliedes beizuwohnen. Dabei sah man ihm jedoch stets an, dass Geselligkeit und ausgelassene Stimmung nicht sein Ding waren.

Ich ging ihm entgegen und begrüßte ihn. »Nanu, Herr Thurgau, so spät noch unterwegs?«

»Ach«, stöhnte er lediglich und schlug die Hände vor seinem blassen Gesicht zusammen.

»Sonja Moll und ihr Verlobter sind auch da, wollen Sie sich zu uns setzen?«, bot ich ihm an, worauf er mir brav folgte.

Sonja war ebenso überrascht wie ich, Herrn Thurgau zu sehen.

»Ich habe im Moment leider Schlafprobleme«, entschuldigte er sich. »Meine Mutter hat mir geraten, ich solle ein Gläschen Wein vor dem Zubettgehen trinken. So etwas habe ich natürlich nicht im Haus, deshalb bin ich hergekommen.«

Till bestellte eine weitere Flasche vom Grünen Veltliner und lud Herrn Thurgau dazu ein.

»Die Sache mit Magnus' Tod macht Ihnen wohl immer noch sehr zu schaffen«, ging ich auf Herrn Thurgaus Schlafprobleme ein.

»Ach, wenn das alles wäre«, seufzte er, »meine Nerven werden im Moment einfach überstrapaziert. Wahrscheinlich mute ich mir zu viel zu.«

Mir dämmerte natürlich sofort, weswegen Herr Thurgau so nervös war. Grinsend dachte ich an seine überragenden Fahrkünste und spielte kurz mit dem Gedanken, ihn darauf anzusprechen. Nein, das war gemein, das konnte ich nicht machen.

»Es trifft sich gut, dass Sie zufällig hier sind«, meinte Sonja. »Till und ich werden nämlich in drei Wochen heiraten, und wir möchten Sie bitten, die Trauung musikalisch zu gestalten.«

»Meine herzliche Gratulation, Frau Moll, das mache ich doch gerne!«

Herr Thurgau erwachte aus seiner Lethargie und wurde dienstlich. »Dass ich Orgel spielen werde, ist ja selbstverständlich, aber natürlich wäre es noch feierlicher, wenn der Chor die Messe gestalten würde. Ich hoffe, dass ich genug Chormitglieder zu diesem Ereignis zusammentrommeln kann, damit wir etwas Schönes für Sie singen können.«

»Das wäre fantastisch, Herr Thurgau, und zusammen mit Majas ›Ave verum‹ wird das ein wunderbarer Rahmen für unsere Trauung werden.«

»Zusammen mit was?«, fragte Herr Thurgau nach.

»Sonja und Till haben mich gebeten, das ›Ave verum‹ von Mozart für sie zu singen«, klärte ich ihn stolz auf.

»Aber ...«, Herr Thurgau kratzte sich am Kopf und sah wenig begeistert zwischen Sonja und Till hin und her, »aber ... ich meine, trauen Sie sich das wirklich zu, Frau Kuckuck?«

»Was für eine Frage, natürlich traue ich mir das zu!«

Herrn Thurgaus Gesichts bekam vor Aufregung Farbe.

»Nun, ich sage es frei heraus, Frau Kuckuck, ich habe da gewisse Bedenken, was Ihre Interpretation dieses berühmten Stückes angeht. Sie sehen doch ein, dass ich Sie nur begleiten werde, wenn wir das Stück vorher ausreichend geprobt haben!«

Jetzt wurde ich aber ärgerlich.

»Herr Thurgau, wenn Sie für Ihr Orgelspiel eine Probe brauchen, dann stehe ich Ihnen gerne zur Verfügung. Ich persönlich singe Ihnen das ›Ave verum‹ mitten in der Nacht im Kopfstand vor, wenn es sein muss! Das möchte ich in dieser Runde doch einmal klargestellt haben!«

Sonja und Till sahen sich hilflos an und wussten nicht, ob sie sich in die musikalische Diskussion einmischen sollten.

»Die Details können wir dann ja nächste Woche besprechen.« Till versuchte, wieder gute Stimmung herzustellen, was ihm aber nur schlecht gelang. Herr Thurgau schwieg beleidigt vor sich hin, ich hatte ebenfalls keine Lust mehr, meine stimmlichen Fähigkeiten zu verteidigen. Ich würde ein »Ave verum« singen, von dem man noch monatelang in Freising und Umgebung sprechen würde!

Herr Thurgau stand auf, bedankte sich bei Till für das Glas Wein und verabschiedete sich.

8

Donnerstag war Ruhetag in der Weinstube, ich schlief gemütlich aus und machte mich nach dem Frühstück an die ungeliebte Buchhaltung. Bei der Gehaltsabrechnung meiner Angestellten fiel mir auf, dass Schorsch in der vergangenen Woche weniger Tage gearbeitet hatte als sonst. Stimmt, Andreas hatte mir erzählt, dass sich Schorsch am Sonntagabend kurzfristig wegen eines verstauchten Knöchels entschuldigt hatte. Ich stutzte. Am Sonntag war Magnus Hofstaller ermordet worden, und Alois hatte gesagt, dass Schorsch und Magnus einige Male aneinandergeraten waren. So gesehen müsste man Schorsch eigentlich zu den Tatverdächtigen zählen, aber Gott sei Dank war er ja nicht im Bus gewesen, dachte ich erleichtert. Was waren das wohl für Auseinandersetzungen, die er und Magnus gehabt hatten? Magnus Hofstaller konnte seiner erwachsenen Tochter doch nicht vorschreiben, wen sie heiraten sollte, in welcher Zeit lebten wir denn! Außerdem war Schorsch ein ordentlicher Bursche. Er studierte, war nett, sah gut aus, und er war bestimmt kein Hallodri. Ob es da noch um andere Dinge ging? Schorsch hatte sich mir gegenüber nicht weiter geäußert, bei Gelegenheit würde ich ihn darauf ansprechen.

Das Telefon klingelte, Herr Thurgau war dran.

»Frau Kuckuck, haben Sie sich die Sache mit dem ›Ave verum‹ noch einmal überlegt?«

»Wie, überlegt?«

»Na jetzt, wo Sie eine Nacht darüber geschlafen haben, ist Ihnen doch sicher bewusst geworden, dass das ›Ave verum‹ ein paar Nummern zu groß für Sie ist. Frau Kuckuck, Sie können dabei nur verlieren, also seien Sie vernünftig!«

Das durfte doch nicht wahr sein! Wahrscheinlich neidete

mir dieser windige Taktstockschwinger meinen zu erwartenden Erfolg, aber der würde mich kennenlernen!

»Herr Thurgau, ich singe das ›Ave verum‹ mit Sicherheit besser, als Sie Auto fahren!«

Das hatte gesessen. Schweigen am anderen Ende der Leitung.

»Sind Sie noch dran?«, fragte ich kampfeslustig.

»Woher, ähm ...«

»Das tut nichts zur Sache. Jedenfalls gebe ich Ihnen den Rat, die Orgelbegleitung vom ›Ave verum‹ gut anzusehen, Sie wollen sich doch nicht blamieren!«

Herr Thurgau war platt. Doch nur wenige Sekunden später hatte er sich wieder gefangen und unterbreitete mir einen ebenso unerwarteten wie bemerkenswerten Vorschlag: »Na schön, Frau Kuckuck, dann machen wir es eben so: Ich gebe Ihnen ein paar Gesangsstunden für das ›Ave verum‹, und Sie lehren mich dafür das Autofahren!«

Jetzt war ich platt. War das sein Ernst? Nach kurzer Überlegung gab ich mich damit einverstanden, schließlich war ich ein gutmütiger Mensch.

Wir verabredeten uns für drei Uhr nachmittags zur ersten »Ave verum«-Probe.

Das Telefon klingelte abermals.

»Hallo, Mama, dein Film ist immer noch nicht bei uns angekommen«, monierte Viola.

»Ich habe das Päckchen jedenfalls am Montagnachmittag weggeschickt. Vielleicht streikt bei euch schon wieder die Post.«

»Hm, hab gar nichts davon gehört. Gibt es etwas Neues im Mordfall Hofstaller?«

»Leider nein, aber stell dir vor, gestern haben mich Sonja und ihr Verlobter gebeten, bei ihrer Hochzeit das ›Ave verum‹ zu singen! Ist das nicht wunderbar?«

Ich erzählte ihr von dem Besuch der beiden in der Weinstube und dass Herrn Thurgau die ehrenvolle Aufgabe zufiel, mich an der Orgel zu begleiten. Vom Fahrunterricht sagte ich natürlich nichts, sie würde sich nur unnötig aufregen.

Nach dem Telefongespräch ging ich ins Wohnzimmer und sang mich ein. Wenn ich gestern Abend bereits gewusst hätte, dass ich heute Probe haben würde, hätte ich zwei Gläschen Wein weniger getrunken. Ich war nicht hundertprozentig in Form, das hohe »in mortis« am Schluss stemmte ich mit Ach und Krach gerade noch auf die richtige Tonhöhe. Meine Stimme quittierte diese Plackerei dort oben mit einem beängstigenden Timbre, aber was soll's, die menschliche Stimme hatte eben viele Farben.

Nicht unzufrieden und in dem Bewusstsein, dass ich mich bei angemessener Lebensweise noch steigern konnte, machte ich mich auf den Weg zur Neustifter Pfarrkirche, in die mich Herr Thurgau zur Probe bestellt hatte.

Als ich eintrat, hörte ich bereits die Orgelbegleitung vom »Ave verum«, Herr Thurgau war also schon da. Ich stieg die vielen Treppen zur Empore hoch und begrüßte ihn.

»Sind Sie eingesungen?«, fragte er streng.

»Für wie unprofessionell halten Sie mich!«

»Dann bin ich gespannt, wie sie das Stück anlegen«, meinte er mit hochgezogenen Augenbrauen und begann mit dem Vorspiel.

»A-ve-e, a-a-ve, ve-e-ru-um co-or-pus«, fing ich an und warf gleich mal alle Kohlen ins Feuer, um Herrn Thurgau zu demonstrieren, über welches stimmliche Material ich eigentlich verfügte. Im Chor pfiff er mich immer zurück.

Herr Thurgau nahm die Hände vom Manual und hielt sich mit schmerzverzerrtem Gesicht demonstrativ die Ohren zu. »Genau das habe ich erwartet«, nuschelte er mehr zu sich selbst, aber gerade noch so laut, dass ich es hören konnte. »Frau Kuckuck, Sie singen das ›Ave verum‹ von Mozart und nicht die Salome von Strauss, kurz bevor sie Jochanaan köpfen lässt! Nehmen Sie um Himmels willen diese Dramatik aus der Stimme!«

Idiot! Er war ja nur neidisch, weil seine eigene Singstimme kaum zu hören war. Aber gut, vielleicht hatte er recht und ich sollte meinen Gesang mehr auf den Anlass abstimmen.

»A-ve-e, a-a-ve, ve-e-ru-um co-or-pus«, versuchte ich es diesmal auf die romantische Art und bot Herrn Thurgau ein paar kunstvolle Glissandi an.

»Aufhören! Was ist denn das jetzt für ein schauriges Geschnulze! Können Sie nicht einfach schön und schlicht singen, so wie man Mozart eben singt?«

»Ich will aber gar nicht schlicht singen, schlicht singen kann jeder!«

Herr Thurgau raufte sich die Haare und stöhnte: »Es gäbe so einen schönen Chorsatz von dem Stück.«

»Jetzt hören Sie mir mal gut zu, Herr Thurgau, wenn Sonja etwas Schlichtes für ihre Hochzeit gewollt hätte, dann hätte sie nicht ausgerechnet mich gebeten, für sie zu singen! Und ich werde Sonjas Erwartungen bestimmt nicht enttäuschen, das garantiere ich Ihnen!«

Herr Thurgau starrte resigniert vor sich hin. »So kommen wir nicht weiter, Frau Kuckuck.«

»Was aber an Ihnen liegt, Herr Thurgau! Ich schlage vor, wir gehen das Stück jetzt einmal von vorne bis hinten durch, damit wir uns auf das Tempo einigen. Ansonsten ist jeder für sich selbst verantwortlich.«

Herr Thurgau begann wortlos mit dem Vorspiel. Ich blies mich auf, gab mein gesamtes Herzblut in das wunderschöne Stück und legte ein »Ave verum« hin, das die Welt noch nicht gehört hatte!

»So machen wir's«, stellte ich abschließend fest.

Herr Thurgau hatte die Sprache verloren.

»Wollen wir gleich losfahren?«, kam ich auf unser Arrangement zurück.

Herr Thurgau erschrak. »Was, jetzt gleich? Das ist mir zu plötzlich, auf so etwas muss ich mich mental erst einstellen.«

»Ach so«, sagte ich, obwohl ich nicht genau wusste, was er meinte. »Wie wär's mit morgen Nachmittag, oder haben Sie es sich anders überlegt?«

»Nein, nein, es hilft ja nichts!«, stöhnte er laut.

»Konnten Sie heute Nacht denn besser schlafen?«, fragte ich höflichkeitshalber.

»Leider nicht. Dann ist mir auch noch die Sache mit Wolfgang Regler eingefallen und hat mich wach gehalten. Jetzt weiß ich nicht, was ich machen soll.«

»Was denn für eine Sache mit Wolfgang?«, hakte ich nach. Wolfgang war ein langjähriges Chormitglied und im Bass unverzichtbar.

»Wolfgang Regler hatte in Bamberg eine lautstarke Auseinandersetzung mit Magnus Hofstaller. Als ich kurz vor dem Konzert hinter der Kirche noch ein wenig Luft schnappen und mich innerlich auf das Konzert einstimmen wollte, bin ich zufällig in diesen Streit hineingeraten. Ich wusste nicht, um was es ging, jedenfalls habe ich die beiden gebeten, private Unstimmigkeiten nach dem Konzert auszudiskutieren. Solche Dinge sind schlecht für die Konzentration.«

»Das ist ja sehr interessant! Und Sie haben nicht gehört, weswegen sich die beiden gestritten haben?«

»Nein, außerdem können Sie sich denken, dass ich in diesen Minuten etwas anderes im Kopf hatte!«

»Natürlich, Herr Thurgau. Dieser Streit ist Ihnen also erst heute Nacht wieder eingefallen. Dann haben Sie dem Kommissar ja noch gar nichts davon erzählt?«

Herr Thurgau verzog die Stirn zu Kummerfalten. »So ist es. Als ich Kommissar Scheffel heute Morgen deswegen anrufen wollte, hatte ich plötzlich ein schlechtes Gewissen Wolfgang Regler gegenüber. Vielleicht ging es ja nur um eine Lappalie. Wenn ich dem Kommissar davon berichten würde, sähe es doch so aus, als würde ich Wolfgang Regler verdächtigen.«

»Hm«, überlegte ich laut, »ich kann mir beim besten Willen nicht vorstellen, dass Wolfgang Magnus wegen einer kleinen Meinungsverschiedenheit umgebracht hat.«

»Sehen Sie, mir geht es genauso. Was soll ich denn jetzt machen?«

»Das müssen Sie selbst entscheiden, Herr Thurgau«, zog ich mich aus der Verantwortung. »Also, was ist jetzt mit der Fahrstunde? Morgen um drei Uhr?«

Herr Thurgau nickte stumm, ich verabschiedete mich.

Am Abend rief ich Doris an.

»Nur zur Info, ich habe uns beide zu diesem Gipskopfkurs angemeldet. Der Termin ist Samstag in einer Woche.«

»Super, ich freue mich schon auf den Schnuckel!«

»Der Schnuckel wird in drei Wochen heiraten. Wenn du noch etwas von ihm willst, solltest du dich also ranhalten!« Ich lachte schadenfroh.

»Müssen wir für den Kurs irgendetwas mitbringen?«, fragte Doris.

»Jawohl, unseren Kopf! Spaß beiseite, wir müssen tatsächlich etwas mitbringen, und zwar ein Profilfoto von unserem Kopf. Allerdings könnte es sein, dass du darauf eher unvorteilhaft aussehen wirst, das Foto soll nämlich mit nassen, an den Kopf geklatschten Haaren gemacht werden, damit man die Kopfform erkennen kann. Den Frisör vorher kannst du dir also sparen!«

»Ich habe einen wohlgeformten Kopf, Maja, du wirst dich wundern! Was gibt es Neues im Fall Hofstaller? Haben sich die Chormitglieder schon auf einen Hauptverdächtigen geeinigt?«

»Du hast vielleicht Vorstellungen! Natürlich macht sich jeder seine Gedanken, aber die meisten Chorsänger halten sich sicherheitshalber bedeckt, es könnte ja sein, dass man völlig danebenliegt. Kommissar Scheffel hat mir gegenüber allerdings Ungereimtheiten mit irgendwelchen Tabletten erwähnt. Angeblich war Magnus auf ein bestimmtes Herzmedikament angewiesen. Seine Frau Brigitte behauptet, er habe das Medikament nicht gut vertragen und die Tabletten deswegen eigenmächtig wieder abgesetzt. Die Tablettenbox, die er immer bei sich getragen hatte, enthielt laut Kommissar Scheffel ausschließlich Vitaminpräparate. Da stellt sich natürlich die Frage, ob man wegen ein paar Vitaminpillchen unbedingt permanent eine Tablettenbox mit sich herumschleppen muss.«

»Du meinst, an den Tabletten könnte manipuliert worden sein?«

»Überleg doch mal«, spann ich den Faden fort, »was wäre, wenn Brigitte gelogen und Magnus das Herzmedikament gar nicht abgesetzt hätte? Sie könnte die Herztabletten durch ähnlich aussehende Vitaminpillen ersetzt haben. Allerdings verstehe ich in dem Fall nicht, warum Magnus davon nichts bemerkt hat. Die Vitaminpillen können niemals mit den Herztabletten in Form und Farbe genau übereingestimmt haben.«

»Vielleicht brauchte er eine Brille?«

»Natürlich, Doris, so ist es! Magnus sang immer mit Lesebrille, aus Eitelkeit nahm er sie jedoch nach der Probe sofort wieder ab. Ich glaube nicht, dass er zum Einnehmen seiner Tabletten extra die Brille aufgesetzt hat!«

»Trotzdem verstehe ich die ganze Aufregung um dieses Thema nicht. Magnus ist nicht an Herzversagen gestorben, er wurde erwürgt!«

»Und wenn Brigitte zuerst versucht hätte, ihren Mann mit manipulierten Tabletten umzubringen, und das Ganze hätte einfach nicht funktioniert? Vielleicht war das Herz vom Hofstaller doch besser in Schuss, als alle angenommen hatten. Und nachdem die erste Methode nicht von Erfolg gekrönt war, hatte Brigitte Hofstaller zu drastischeren Mitteln gegriffen und ihren Mann erwürgt oder erwürgen lassen. Mich irritiert allerdings, dass dieser Hefner gar nicht im Bus war«, dachte ich laut.

»Welcher Hefner?«

Ich erzählte Doris von meinem aufschlussreichen Besuch bei Brigitte Hofstaller.

»Sehr interessant«, meinte Doris, »und wenn der Hefner unbemerkt in den Bus eingestiegen wäre und sich nach getaner Arbeit wieder verdünnisiert hätte?«

»Unmöglich, diesen Schrank hätte niemand übersehen, da bin ich mir ganz sicher.«

Wir verabredeten uns für Sonntagnachmittag zu einem Fotoshooting mit nassen Köpfen.

9

Am Freitagvormittag kaufte ich verschiedene Lebensmittel im Supermarkt um die Ecke ein, als plötzlich eine weibliche Stimme »Maja, Maja!« durch das Geschäft rief. Ich sah mich um und entdeckte Ruth Scheffel, die wild fuchtelnd zu mir rüber winkte. Sie hatte einen Einkaufswagen erwischt, der sich schlecht lenken ließ, kämpfte sich jedoch entschlossen zu mir durch.

»Eine Unverschämtheit, so einen Wagen anzubieten!«, schimpfte sie laut. »Ich werde mich beschweren!«

Als sie endlich neben mir stand, hellte sich ihre Miene abrupt auf.

»Weißt du schon, dass mein Mann im Fernsehen kommt!«, sprudelte es aus ihr heraus.

»Tatsächlich? Wann und auf welchem Programm?«, fragte ich nicht ohne Stolz. Wer kannte schon jemanden, der im Fernsehen auftrat!

»Das ist der Haken an der Geschichte, es kommt im italienischen Fernsehen!«

»Im italienischen Fernsehen?«

»Ja, ich wollte sowieso schon bei dir anrufen und fragen, ob deine Tochter das Ganze nicht aufnehmen könnte, sonst glaubt es ja keiner! Stell dir vor, heute Morgen waren ein Reporter und zwei Kameraleute vom italienischen Privatfernsehen auf der Polizeiinspektion und haben Theo lauter Fragen zum Mord an Magnus Hofstaller gestellt. Die italienische Öffentlichkeit hat angeblich großes Interesse an dem Fall.«

Das war aber merkwürdig, war Magnus Hofstaller als Steinmetz so berühmt gewesen? Vielleicht, immerhin hatte er zahlreiche Auszeichnungen für seine Arbeiten bekommen.

»Theo findet das alles natürlich total unmöglich, er ist ja so bescheiden!«, plapperte Ruth weiter. »Er meint, dass der Druck auf ihn dadurch noch größer würde. Aber das ist doch Quatsch, habe ich ihm gesagt, und dass er es genießen soll. Wer steht schon so im Blickpunkt der Öffentlichkeit?«

Ruth quasselte ohne Punkt und Komma, bis sie eine weitere Bekannte im Gang mit den Backzutaten entdeckte.

»Ich muss schnell zur Frau Wohlschläger und ihr alles erzählen. Also, ich ruf dich an, wenn ich weiß, wann die Sendung kommt!«

Gott sei Dank würde Kommissar Scheffel nicht im deutschen Fernsehen erscheinen, dachte ich belustigt, Ruth würde vor Aufregung durchdrehen.

Ich ging nach Hause, aß eine Kleinigkeit zu Mittag und machte mich anschließend daran, mein Auto aufzuräumen. Herr Thurgau sollte nicht zwischen Lippenstiften, Parkscheinen und Tempopackungen sitzen.

Um fünf vor drei Uhr klingelte es an der Haustür, ich ging hinunter.

Herr Thurgau stand kreidebleich vor der Tür und winselte: »Ich bin so nervös, vielleicht sollten wir das Ganze noch mal verschieben?«

»Nix da!«, meinte ich entschieden. »Ich will die Angelegenheit ebenfalls hinter mich bringen!«

Ich setzte mich auf den Fahrersitz, Herr Thurgau nahm neben mir Platz.

»Wir fahren jetzt nach Hohenbachern, dort wechseln wir die Plätze. Von da aus geht eine Straße nach Kranzberg, auf der bestimmt niemand unterwegs ist«, teilte ich ihm mit.

Wie geplant stieg ich direkt hinter Hohenbachern aus und forderte Herrn Thurgau auf, mir den Beifahrersitz zu überlassen.

Als führe man ihn zum Schafott ging Herr Thurgau um meinen Minivan herum und setzte sich zitternd auf den Fahrersitz.

Du liebe Güte, das konnte ja heiter werden!

»So, jetzt machen Sie einfach alles so, wie Sie es gelernt haben!«

Ich lehnte mich zurück, überprüfte den Verschluss meines Sicherheitsgurtes und klammerte mich für alle Fälle mit den Händen am Sitz fest.

Nach drei Versuchen gelang es Herrn Thurgau endlich, das Auto zu starten.

»Ganz ruhig bleiben, es läuft doch gut«, munterte ich ihn auf.

Mit Tempo dreißig tuckerten wir in leichten Schlangenlinien auf den Waldrand zu. Auf einmal sprang zwanzig Meter vor uns ein älterer Mann auf die Straße und winkte heftig mit beiden Armen.

»Hilfe, was soll ich denn jetzt machen?« Herr Thurgau verlor sofort die Nerven.

»Bremsen Sie doch, bremsen Sie!«, brüllte ich aufgeregt. Herr Thurgau verwechselte die Pedale und beschleunigte. Ich schrie so laut ich konnte, bis Herr Thurgau endlich das Bremspedal fand und wir mit quietschenden Reifen einen halben Meter vor dem Mann zum Stehen kamen.

»Sie sind wohl betrunken«, schimpfte der Mann geschockt, »wenn Sie schon am helllichten Tag saufen müssen, dann lassen Sie doch wenigstens Ihre Frau fahren!«

Ich stieg aus und schrie: »Was fällt Ihnen ein, sich mitten auf die Fahrbahn zu stellen!«

»Weil ich Sie anhalten wollte!«, rief der Mann zurück, sein Dackel neben ihm kläffte wie wild. »Da hinten auf der Wiese vor dem Maisfeld liegt eine Frau, ich glaube, die ist tot!«

»Was? Wo?«

Herr Thurgau stieg ebenfalls aus, und wir folgten dem Mann und dem bellenden Dackel die Straße entlang. Nach ein paar Metern bog er links ab und betrat eine Wiese, von der aus man einen wunderbaren Blick auf Weihenstephan und auf die Domtürme Freisings hatte.

Wir stapften durch das hohe Gras, da sah ich plötzlich einige Meter weiter vorne eine ausgebreitete Picknickdecke, auf der, uns mit dem Rücken zugewandt, eine Frau lag. Die Tafel war hübsch mit zwei Tellern, Besteck, zwei Kaffeetassen und kunstvoll gefalteten Servietten gedeckt. In der Mitte stand eine mit verschiedenen Kuchen bestückte Kuchenplatte. Ich ging näher ran und bückte mich, um in das Gesicht der Frau zu sehen. Ihr Anblick ließ mir das Blut in den Adern gefrieren. Es war Sonja! Sie sah aus, als schliefe sie. Ich rüttelte sie heftig und schrie: »Sonja, wach auf, was ist los!« Doch sie rührte sich nicht. Da entdeckte ich auf ihrem rechten Oberarm eine rote, stark geschwollene Stelle. Erst jetzt bemerkte ich die Bienen, die hektisch um die Kuchenstücke herumsurrten. Ich kniete mich neben Sonja, holte mein Handy aus der Handtasche und verständigte stotternd den Rettungsdienst. Wie schrecklich, nun war es also doch passiert! Geschockt starrte ich auf den leblosen Körper. Die Augen waren geschlossen, sie atmete nicht. Sonjas Bienenallergie hatte sie das Leben gekostet!

»Kennen Sie die Frau?«, fragte der alte Mann leise.

»Ja, sie war eine Freundin von mir. Sie war allergisch auf Bienen.«

Ich war froh, dass ich mit jemandem sprechen konnte. Herr Thurgau war verschwunden.

»Aber entschuldigen Sie«, sagte der alte Mann, »wie kann man denn so leichtsinnig sein und hier Picknick machen, wenn man auf Bienen allergisch ist? Gleich auf der anderen Straßenseite am Waldrand stehen doch Bienenstöcke, und die Bienen hier sind äußerst aggressiv!«

Das spürte ich zwei Sekunden später schmerzhaft am eigenen Leib, eines der Viecher hatte mich in die Wade gestochen.

»Das hat Sonja sicher nicht gewusst«, sagte ich kleinlaut.

Wir hörten ein Martinshorn näher kommen, da fiel mir ein, dass mein Wagen mitten auf der Straße stand. Ich lief schnell zurück und fuhr mein Auto zur Seite, sodass der Rettungsdienst vorbei kam. Aus dem Seitenfenster heraus deutete ich auf die Stelle, wo der alte Mann bereits am Straßenrand wartete.

Die Rettungssanitäter stellten Sonjas Tod fest und veranlassten die notwendigen Maßnahmen. Ich gab Ihnen Sonjas Namen und Adresse, dann ging ich deprimiert zu meinem Auto und fuhr nach Hause. Herr Thurgau war wie vom Erdboden verschluckt.

10

Zu Hause setzte ich mich aufs Sofa und wusste nicht, wie ich diesen Schock verarbeiten sollte. Schließlich rief ich Lilli an und berichtete ihr von dem schrecklichen Ereignis. »Und das so kurz vor der Hochzeit! Endlich ist sie glücklich, da wird sie von so einem blöden Viech gestochen und stirbt!«

»Fürchterlich, tragischer geht's nicht«, stammelte Lilli betroffen. »Was ist mit dem Backhaus? Weiß er es schon?«

»Ich habe keine Ahnung, irgendjemand wird ihn schon verständigen.«

»Meinst du, sie war mit ihm verabredet? Du hast doch gerade gesagt, dass auf der Picknickdecke für zwei Personen gedeckt war.«

»Das stimmt, sie hat offensichtlich auf jemanden gewartet. Außerdem lag ihr Fahrrad neben der Decke, vielleicht wollte die andere Person auch mit dem Fahrrad kommen.«

Lilli schwieg eine Weile, dann meinte sie entschlossen: »Maja, wir sollten zu Sonjas Haus gehen und uns um Till Backhaus kümmern. Man kann den Mann in dieser Situation doch nicht allein lassen! Wer weiß, vielleicht hat er in Freising niemanden, der ihm jetzt zur Seite steht.«

»Du hast recht, Lilli, ich komme in einer Viertelstunde zu dir und hole dich ab.«

Während ich mein buntes Sommerkleid gegen eine dunkle Bluse und eine schwarze Hose austauschte, beschlich mich ein mulmiges Gefühl. Der alte Mann hatte etwas von aggressiven Bienen erzählt. Sonja hatte solche Angst, gestochen zu werden, dass sie sich niemals in der freien Natur zum Picknick niedergelassen hätte, wenn sie von den Bienenstöcken gewusst hätte. Warum war sie dort gewesen? Gut, man hatte von dieser Wiese aus einen wunderbaren Blick auf Freising, aber musste man deswegen gleich ein Picknick mit Kaffee und Kuchen dort veranstalten? Mitten im Sommer neben den Bienenstöcken? Ein schauriger Gedanke machte sich in meinem Kopf breit. Könnte es sein, dass die Person, mit der Sonja verabredet war, diesen Platz ausgesucht hatte? Womöglich sogar in dem Bewusstsein, dass Sonja dort zu Tode kommen könnte? Das wäre ja fast gleichzusetzen mit Mord! Ich schüttelte mich vor Entsetzen. Nein, so gemein konnte niemand sein. Sonja hatte keine Feinde, sie wurde von allen gemocht. Und wenn sie doch welche hatte? Der perfekte Mord! Bienen konnte man nicht verurteilen. Mit wem könnte Sonja verabredet gewesen sein? Da war zunächst natürlich Till Backhaus. Angenommen, er hatte sie tatsächlich nicht geliebt und war nur hinter ihrem Geld her? Dann hätte er wenigstens bis zur Hochzeit warten müssen, so erbt er keinen Cent. Oder war sie mit Brigitte Hofstaller verabredet gewesen? Sonja und Brigitte kannten sich seit ihrer frühen Kindheit, man sah die beiden häufig zusammen im Café Tratsch sitzen. Aber weswegen hätte Brigitte ihrer alten Freundin den Tod wünschen sollen? Aus Neid angesichts ihres jugendlichen und gut aussehenden zukünftigen Ehemannes? Nein, Brigitte hielt sich doch selbst einen jüngeren Lover.

Alles Blödsinn, sagte ich mir selbst. Es fiel mir offenbar so schwer, Sonjas tragischen Tod zu akzeptieren, dass ich nun einen Mord in den Unglücksfall hineininterpretierte, nur um irgendjemandem die Schuld daran geben zu können.

Ich verließ das Haus und holte Lilli ab. Schweigend gingen wir nebeneinanderher und überlegten, was man Till Backhaus in dieser Situation zum Trost sagen könnte.

»Ich glaube, es ist einfach nur wichtig, dass jemand da ist, mit dem er reden kann«, meinte Lilli schließlich, bevor sie auf den Klingelknopf neben der Gartentür drückte. Niemand öffnete. Die Sonne tauchte Sonjas Haus in ein freundliches Licht, vom Nachbargrundstück war das Lachen spielender Kinder zu hören. Die ganze Szenerie erschien mir plötzlich völlig unwirklich. Von rechts kam ein blauer Golf auf uns zugefahren und hielt vor Sonjas Grundstück. Till Backhaus stieg mit fahlem Gesicht aus und sah uns verzweifelt an.

»Du weißt es schon?«, fragte ich unsicher und ging auf ihn zu.

Till Backhaus rieb sich die feuchten Augen.

»Ich kann es nicht glauben«, flüsterte er kopfschüttelnd. »Ich komme gerade aus Pfaffenhofen. Der Schulleiter hat mich aus dem Unterricht geholt und es mir gesagt.«

»Es ist entsetzlich, Herr Backhaus, und wir fühlen mit Ihnen.« Lilli legte ihre Hand auf seinen Arm.

»Wir haben eine gute Freundin verloren«, sagte ich bedrückt, »und ausgerechnet ich habe sie gefunden. Till, weißt du, mit wem sich Sonja in der Nähe von Hohenbachern treffen wollte? Es war für zwei Personen auf der Picknickdecke gedeckt.«

»Für zwei?« Till sah mich an. »Ich wusste nicht einmal, dass sie überhaupt nach Hohenbachern fuhr. Wahrscheinlich hat sich die Verabredung ganz kurzfristig ergeben. Wir haben uns heute Morgen zum letzten Mal gesehen, Freitag unterrichte ich immer den ganzen Tag in Pfaffenhofen.«

Till vergrub das Gesicht in seinen Händen, Lilli sah mich hilflos an.

»Möchten Sie, dass wir ein Weilchen bei Ihnen bleiben?«, fragte sie vorsichtig.

Er schüttelte den Kopf.

»Danke, dass Sie gekommen sind, aber ich will jetzt allein sein«, sagte er mit gebrochener Stimme.

»Wenn du irgendetwas brauchst, dann melde dich!« Mehr fiel mir im Moment auch nicht ein.

Er nickte stumm, Lilli und ich gingen betreten wieder davon.

»Der arme Kerl, der ist völlig fertig«, sagte Lilli, als wir um die Ecke in die Prinz-Ludwig-Straße bogen.

»Wer erbt denn jetzt eigentlich Sonjas Haus und das Geschäft?«, fragte ich.

»Soviel ich weiß hatte Sonja eine verheiratete Schwester in Augsburg, das müsste ihre nächste Verwandte sein. Ich denke, die Schwester wird alles verkaufen.«

Lilli ging nach Hause, um das Abendessen für ihren Mann und die Kinder herzurichten, ich machte einen Abstecher in die Innenstadt und kaufte mir lustlos ein Paar neue Pumps. Obwohl Schuhe kaufen normalerweise meine Allerweltswaffe gegen Trübsal war, besserte sich meine Stimmung nicht, Sonjas Schicksal war allgegenwärtig.

Um zehn Minuten vor acht Uhr ging ich zur Chorprobe ins Pfarrheim unweit der Kirche. Ob Herr Thurgau da sein würde oder ob er immer noch in den Wäldern bei Hohenbachern herumirrte?

Ich betrat den Probensaal, in dem bereits einige Chorsänger in Grüppchen beieinanderstanden und plauderten. Herr Thurgau war nicht zu sehen, wahrscheinlich hatte unser Chorsprecher Ullrich die Tür aufgesperrt. Eigentlich wollte ich meinen Mitsängern heute stolz verkünden, dass ich der musikalische Höhepunkt bei Sonjas Hochzeit sein würde, stattdessen fiel mir nun eine sehr traurige Aufgabe zu. Ich ging zur Gruppe, in der Ullrich stand, und berichtete den sprachlosen Chorsängern, was passiert war. Dass ich in Begleitung von Herrn Thurgau gewesen war, als ich Sonja gefunden hatte, verschwieg ich natürlich. Die Nachricht von Sonjas Tod verbreitete sich im Nu, die Chormitglieder waren tief getroffen.

Um fünf Minuten nach acht kam endlich Herr Thurgau zur Probe, er sah hundsmiserabel aus. Seine Gesichtsfarbe hatte Ähnlichkeit mit Waldmeistergrütze, außerdem hinkte er leicht. Bestimmt war er von Hohenbachern aus zu Fuß nach Hause gelaufen, jetzt hatte er die Füße voller Blasen.

Wir setzten uns auf unsere Plätze und starrten betreten zu Herrn Thurgau nach vorne.

»Ihren Gesichtern entnehme ich, dass Sie es bereits wissen. Es ist, als ob ein Fluch auf unserem Chor läge. Erst stirbt Magnus Hofstaller auf äußerst unnatürliche Weise …«

Herr Thurgau griff hektisch nach einem weißen Taschentuch in seiner Jackentasche, mit dem er sich den Mund abtupfte.

»Gleich kotzt er wieder«, meinte Thea eine Spur zu laut, Herr Thurgau warf ihr einen befremdeten Blick zu.

»… und jetzt unsere Frau Moll«, quetschte er mühsam heraus. »Trotzdem sollten wir versuchen, uns wenigstens für eine Stunde auf die Musik zu konzentrieren. Das Werk, das ich heute einstudieren wollte, ist vom Text her zufällig sehr passend: Der Mensch lebt und bestehet nur eine kleine Zeit, von Max Reger.«

Herr Thurgau öffnete seine Aktentasche und holte einen Stapel Noten heraus. »Es handelt sich um ein sehr diffiziles Stück, das höchste stimmliche Anforderungen stellt. Aus diesem Grund habe ich mir erlaubt, einige Stimmen individuell einzurichten.«

Er stellte sich vor uns und begann, die Noten zu verteilen.

»Hans Roiderer.« Es war allgemein bekannt, dass Hans immer wieder mit Intonationsproblemen zu kämpfen hatte, wahrscheinlich hatte ihm Herr Thurgau lauter kleine Pfeilchen über die Noten gezeichnet. »Fritz Plärrer.« Nanu, was hatte er denn auf einmal gegen den? »Maja Kuckuck. Das wär's, die restlichen Noten sind ohne Markierungen.«

Neugierig schlug ich die Chorpartitur auf und suchte nach Herrn Thurgaus Hinweisen. Er hatte auf fast jeder Seite ein paar aufeinanderfolgende Noten mit einem Kreis umrandet, darüber stand: »Kuckuck tacet«. Welche geheime Botschaft wollte er mir damit übermitteln? Was bedeutete »tacet«? Es klang irgendwie lateinisch, ich war mir auch sicher, dass ich den Ausdruck schon einmal gehört hatte. Natürlich, es war das lateinische Wort für Takt! Na schön, dann würde ich an diesen Stellen eben extra genau zählen.

Herr Thurgau gab uns die Töne, ich summte eifrig an. Gleich die allerersten Noten hatte Herr Thurgau umrandet, also setzte ich überzeugend ein und zählte bei »Der Mensch« streng mit.

Herr Thurgau brach sofort ab und hatte schon wieder etwas zu meckern.

»Das Stück beginnt im Pianissimo, meine Damen und Herren. Frau Kuckuck, können Sie meine Einzeichnungen nicht lesen?«

»Doch, ich habe genau mitgezählt!«, verteidigte ich mich.

»Frau Kuckuck, ›tacet‹ kommt von tacere und bedeutet schweigen.«

Hatte ich mich verhört? Der wollte tatsächlich, dass ich an bestimmten Stellen nicht mitsinge! Also, so eine Unverschämtheit ist mir in dreißig Jahren Chorpraxis noch nicht untergekommen!

»Ich singe immer mit, das ist mein gutes Recht!« Sollte er sich ruhig mit mir anlegen, ich würde zum Pfarrer gehen und mich beschweren!

»Seien Sie doch einsichtig, Frau Kuckuck, Sie können kein Pianissimo singen.«

»Kann ich schon!«

Herr Thurgau stöhnte auf und gab erneut den Einsatz.

»Der Mensch«, hauchte ich ausdrucksstark, wobei meine Stimme eigentlich nur aus heißer Luft bestand.

Herrn Thurgaus Gesicht nach gefiel es ihm immer noch nicht, trotzdem entschied er sich, das Stück weiterlaufen zu lassen.

Nein, dieser blasse Taktstockschwinger hatte keinen guten Charakter. Zuerst riskierte ich ihm zuliebe bei dieser folgenschweren Fahrstunde buchstäblich Kopf und Kragen, und zum Dank schikanierte er mich jetzt vor der gesamten Chormannschaft. Mit mir nicht, mit dem wollte ich privat nichts mehr zu tun haben!

Wir probierten noch eine halbe Stunde an dem Stück herum, aber Herr Thurgau war insgesamt überhaupt nicht zufrieden.

»Vielleicht sollten wir die Probe lieber beenden, ich habe das Gefühl, dass sich unter den gegebenen Umständen keiner so richtig konzentrieren kann.«

Das war der erste vernünftige Satz, den ich heute von ihm gehört hatte.

Ullrich stand auf und schlug meinen Mitsängern ein Ersatzprogramm vor: »Lasst uns doch im Gedenken an Sonja noch ein bisschen zusammensitzen!«

Ein paar Minuten später bewegte sich gut die Hälfte des Chores in Richtung Weinstube.

Andreas und Schorsch stellten flugs ein paar Tische zusammen, sodass sich die Chorsänger hufeisenförmig an einen großen Tisch setzen konnten.

Ich war froh, dass ich mich um die Bewirtung kümmern konnte. Die Unterhaltung kam nur mühsam in Gang, keiner wusste so recht, was er sagen sollte.

»Das musste ja irgendwann passieren«, sagte Thea schließlich. »Sonja reagierte derart hysterisch auf Bienen, dass es ohnehin ein Wunder war, dass sie nicht schon früher gestochen wurde.«

»Sie wurde schon zweimal gestochen«, meldete sich Barbara, Sonjas Platznachbarin im Sopran, zu Wort, »aber sie ist jedes Mal rechtzeitig ins Krankenhaus eingeliefert worden.«

»Ist das nicht merkwürdig? Der Mord an Magnus hat nicht halb so viel Bestürzung im Chor ausgelöst wie Sonjas tödlicher Bienenstich«, meinte Ruth Scheffel spitz. Sie betrachtete ihre Mitsänger argwöhnisch und versuchte, die eine oder andere Stellungnahme aus uns herauszukitzeln. Ich war mir sicher, dass sie ihr Ehegatte dazu angestachelt hatte.

»Sonja war eben beliebt!« Wolfgang Regler brachte die Sache auf den Punkt.

»Na komm, nur weil du mit Magnus persönliche Differenzen hattest, kannst du jetzt nicht so tun, als ob Magnus unbeliebt gewesen wäre!« Mit diesem Satz bewirkte unser altgedienter Tenor Hans, dass sich lauter erstaunte Gesichter in Wolfgangs Richtung wandten.

»Was behauptest du denn für einen Blödsinn!« Wolfgang wurde aggressiv.

»Bitte sprich nicht in diesem Ton mit mir, nur weil ich die Wahrheit sage!«, verteidigte sich Hans.

»Du bist doch bloß sauer auf mich, weil ich es gewagt habe, dich darauf hinzuweisen, dass du ständig zu tief singst!«

Jetzt war Hans eingeschnappt, er starrte böse auf sein Weinglas und sagte kein Wort mehr. Schade, ausgerechnet jetzt, wo es interessant geworden wäre. Hatte Hans etwa den gleichen Streit zwischen Wolfgang und Magnus mitbekommen, in den auch Herr Thurgau hineingeplatzt war?

Ruths Augen glühten vor Neugier. »Lass dich doch nicht provozieren, Hans!«, mischte sie sich ein. »Der Thurgau ist der Chorleiter, nicht Wolfgang!«

»Mir reicht's!« Wolfgang stand unvermittelt auf, warf einen Fünfeuroschein auf den Tisch und ging.

Als die Tür der Weinstube hinter ihm ins Schloss fiel, redeten plötzlich alle durcheinander auf Hans ein und wollten wissen, worauf er seine vorherige Aussage bezogen hatte.

»Es war höchstens ein Ton, dieses hohe F beim Bruckner liegt so blöd, da haben auch andere ihre Schwierigkeiten!«, sagte er stattdessen.

Ruth beschwichtigte die umsitzenden Chormitglieder mit Handzeichen und signalisierte, dass sie das Ruder in die Hand nehmen würde.

»Hans, der Wolfgang wollte doch nur ablenken, weil du irgendetwas weißt, das ihm nicht passt. Hast du darüber eigentlich mit meinem Mann gesprochen?« Sie zog strafend die Augenbrauen nach oben und vermittelte Hans ein ungutes Gefühl.

»Nein, es ist mir vorhin erst wieder eingefallen.«

»Aber das macht doch nichts, Hans, dann erzählst du es eben jetzt!«

Ruth war unschlagbar.

»Es war hier, in Majas Lokal, und es ist auch schon ein paar Wochen her. Ich war unten auf der Toilette, als Magnus und Wolfgang hereinkamen. Natürlich haben sie mich nicht bemerkt, ich war in der Kabine. Plötzlich ist ein heftiger Streit zwischen den beiden entbrannt. Wolfgang hat Magnus angeschrien, dass er keinen Cent mehr für den Grabstein seiner Tante bezahlen würde, als ausgemacht war, außerdem wolle er diesen ganzen Schnickschnack auf dem Stein gar nicht haben. Magnus blieb sehr ruhig und berief sich auf irgendeine Auftragserteilung, in welcher er es schriftlich habe, dass er seiner künstlerischen Eingebung freien Lauf lassen dürfe.«

Hans trank einen Schluck Weißwein, und alle lehnten sich zurück in der Annahme, dass dies die ganze Geschichte war. Dann fuhr er jedoch fort: »Schließlich meinte Wolfgang, wenn Magnus auf eine weitere Zahlung bestünde, solle er sich warm anziehen. Daraufhin hat Magnus kein Wort mehr gesagt und beide haben die Toilette wieder friedlich verlassen.«

»So, so«, sagte Ruth hochinteressiert, »es war sehr gut, dass dir die Sache eingefallen ist, Hans.« Sie bezahlte ihre Rechnung und verabschiedete sich. Offenbar konnte sie es kaum erwarten, ihrem Mann die Neuigkeiten zu erzählen.

Die Chormitglieder wechselten das Thema und sprachen über belanglose Dinge. Dabei war es allen anzumerken, dass sie mit ihren Gedanken eigentlich woanders waren. Ich begann, Gläser in die Geschirrspülmaschine einzuräumen und dachte nach. Hatte Wolfgang Magnus im Bus erwürgt?

11

Am Samstagmorgen schlug ich im Freisinger Tagblatt zuerst die Todesanzeigen auf. Die Anzeige für Sonja Moll nahm fast eine halbe Seite ein. Aus dem Text ging hervor, dass Sonja durch einen tragischen Unglücksfall mitten aus dem Leben gerissen worden war. Klar, was sollte es denn auch sonst sein? Im unteren Teil des schwarzen Rahmens standen die Namen der Trauernden: Sybille Gruber (geb. Moll) mit Mann und Kindern, Augsburg, und Till Backhaus, Pfaffenhofen. Würde Till wieder zurück nach Pfaffenhofen ziehen? Logisch wär's, was sollte er auch ohne Sonja in Freising. Außerdem war in der Tat davon auszugehen, dass Sonjas Haus und das Geschäft an die Schwester in Augsburg übergingen.

Das Telefon klingelte.

»Guten Morgen, Maja, hier ist Doris. Ist es tatsächlich wahr, dass Sonja Moll tot ist?«

Ich berichtete Doris, wie ich zusammen mit Herrn Thurgau die arme Sonja gefunden hatte, dass sie an einer Bienenallergie gestorben war und dass sie auf ihrer Picknickdecke ganz offensichtlich auf jemanden gewartet hatte. Außerdem erzählte ich ihr von den Bienenstöcken und dass mir die ganze Sache nicht geheuer war.

»Seltsam, in der Tat. Wie hat denn der Backhaus die Nachricht von ihrem Tod aufgenommen?«

»Er ist völlig fertig, Lilli und ich haben ihn gestern noch kurz besucht. Er hat es in Pfaffenhofen während des Unterrichts erfahren.«

»Ich bin sicher, dass er bald darüber hinwegkommen wird«, meinte Doris überzeugt. »Eigentlich wollte ich dich fragen, ob du mit mir zum Altstadtfest gehst, aber wahrscheinlich bist du dafür nicht in Stimmung.«

Ich überlegte kurz und sagte Doris schließlich doch zu. Was nützte es, wenn ich zu Hause saß und über Sonjas Tod grübelte, davon wurde sie auch nicht mehr lebendig. Das Freisinger Altstadtfest würde mich wenigstens für ein paar Stunden auf andere Gedanken bringen.

Nach dem Gespräch mit Sonja rief ich meine Tochter Viola in Verona an, um sie über Sonjas Tod zu informieren. Mein Schwiegersohn Salvatore nahm ab. »Maja, äh, Maja, äh, Viola!!!«

Was war denn das für eine merkwürdige Begrüßung? Normalerweise brüllte mir mein Schwiegersohn bei jeder Gelegenheit irgendwelche Belanglosigkeiten in die Ohren, aber heute wollte er ganz offensichtlich nicht mit mir sprechen.

»Mama, ähm, hallo, Mama, ähm …«

Spinnen die jetzt alle?

»Du hast recht, ich bin's!«, stellte ich irritiert klar.

»Mama, ähm, schön, dass du anrufst, ähm, hast du schon davon gehört?«

»Von was?«

»Ja, also, na ja, du warst im Fernsehen.«

»Ich? Aber davon weiß ich ja gar nichts!« Ich verstand überhaupt nichts mehr.

»Die Sache ist die, dass Maria, ähm …«

»Jetzt reicht's aber, Viola! Kannst du mir vielleicht endlich sagen, um was es hier geht?«

Viola atmete laut und tief durch, dann legte sie los: »Salvatore hat den Film, den du geschickt hast, gleich an seine Mutter weitergegeben, ohne dass ich etwas davon wusste. Maria hat das Ganze sofort an einen italienischen Privatsender geschickt, der einen Kochwettbewerb mit dem Thema ›Die besten Rezepte unserer Nachbarn‹ veranstaltet, und dann ist dein Film mit italienischen Untertiteln versetzt im Fernsehen gelaufen. Ich habe es nicht gesehen, aber du hast angeblich reichlich Bier dabei getrunken und locker-flockig über den Mord an Magnus Hofstaller parliert. Anschließend hat der Sender eine Menge Anrufe bekommen. Zwischen blankem Entsetzen und großem Interesse an dem Mordfall war wohl alles dabei.«

Ich tigerte aufgeregt in meiner Wohnung hin und her. Ich war im Fernsehen gewesen!

»Hat man gesehen, dass ich Hausschuhe angehabt habe? Mein Gott, da kommt man einmal im Fernsehen und dann in Hausschuhen, wo ich doch so todschicke Pumps zu dem Kleid gehabt hätte! Sag, Viola, hat man das gesehen?«

»Mama, ich weiß es nicht!« Violas Stimme klang immer noch ziemlich nervös. »Es ist jetzt jedenfalls so, dass Maria mit dem Rezept in die Endausscheidung gekommen ist und in irgend so einer Fernsehshow auftreten soll.«

»Maria? Mit meinem Rezept? Aber dieser Auftritt steht mir zu, es ist mein Bierbraten!«

Ich hörte genau, dass Viola mit der Hand die Sprechmuschel zuhielt, um irgendetwas mit Salvatore zu besprechen.

»Mama, bitte, sie war noch nie im Fernsehen und –«

Salvatore riss Viola den Hörer aus der Hand. »Maja, meine Mutter hat es schon erzählt überall, bitte, Maja, es würde sein eine Katastrophe ...«

»Also, das sehe ich aber nicht ein!«, widersprach ich vehement. So eine Chance hatte man nur einmal im Leben!

Ich hörte wieder Getuschel am anderen Ende der Leitung.

»Mama, was hast du denn davon, in Italien kennt dich doch keiner!«

Hm, da war was dran. Kein Mensch aus meinem Freundes- oder Bekanntenkreis würde die Sendung sehen können. Da konnte ich ebenso gut Violas Schwiegermutter den großen Auftritt überlassen. Also verzichtete ich großmütig und verschwieg, dass es noch einen anderen Grund gab. Langsam dämmerte mir nämlich, weswegen das italienische Fernsehen bei Kommissar Scheffel aufgetaucht war. Nein, es war in jedem Fall besser, wenn man mich nicht mit dem italienischen

Fernsehen in Verbindung brachte. Meine offene Plauderei in dieser Kochsendung über den Hofstaller-Mord würde mir der Kommissar nie verzeihen!

Am späten Nachmittag holte mich eine Frau mit orangefarbenen Haaren zum Altstadtfest ab. Sie sah aus wie Pumuckls Großmutter.

»Sag nichts!«, herrschte mich Doris zur Begrüßung an.

Oje! Da schien eine durchaus berechtigte Verjüngungskur gewaltig danebengegangen zu sein.

»Wenn du einen guten Anwalt brauchst ...«

»Ich habe es selbst gemacht, und jetzt möchte ich nicht mehr darüber sprechen!«

Na wunderbar, ich gehe extra zum Altstadtfest, damit sich meine Stimmung aufhellt, und meine Begleitung verhunzt sich dermaßen die Frisur, dass sie den ganzen Abend ein langes Gesicht machen wird!

Wir schlenderten wortlos nebeneinanderher. Als wir in die Untere Hauptstraße einbogen, ergriff Doris schließlich doch noch das Wort.

»Der Backhaus hat übrigens die Wahrheit gesagt, er hat tatsächlich den ganzen Tag in Pfaffenhofen unterrichtet.«

»Hast du das etwa nachgeprüft?«, fragte ich perplex.

»Natürlich, manche Leute erzählen viel, wenn der Tag lang ist.«

Doris' Gedanken kreisten also immer noch um den attraktiven Till. Wahrscheinlich war er auch der Grund für die farbliche Entgleisung auf ihrem Kopf.

Es war halb sechs, die Bierbänke auf dem Marienplatz waren bereits fast alle belegt. Kein Wunder, an so einem lauen Sommerabend kam man sich vor wie im sonnigen Süden, die Stimmung war dementsprechend ausgelassen und heiter. Das Schild »Wegen eines Trauerfalls bleibt das Geschäft heute geschlossen«, das an der Tür von Sonjas Geschäft hing, fand bei den vorbeischlendernden Freisingern keine Beachtung.

»Da vorne ist ein schöner Platz«, rief Doris und deutete in Richtung des Podiums, auf dem die Holledauer Musikanten gerade den bayerischen Defiliermarsch zum Besten gaben.

»Doris, ich kann hier nicht sitzen, nicht mit Blick auf Sonjas Geschäft! Lass uns zum Kriegerdenkmal vorgehen«, bat ich mit gemischten Gefühlen.

»Maja, Maja!« Ein paar Chorsänger riefen mir mitten aus dem Getümmel heraus zu. Ullrich stand auf und winkte.

»Siehst du, deine Freunde sitzen auch da«, meinte Doris und zog mich an der Hand in Richtung Chortisch.

»Prost, Herr Oberbürgermeister!«, wünschte Doris, als wir uns am Prominententisch vorbeidrückten. OB Bergnagel verschluckte sich so heftig, dass ihm der Brauereichef vom Hofbrauhaus mehrmals auf den Rücken klopfen musste, und Frau Bergnagel sah Doris mit offenem Mund hinterher.

Meine Mitsänger verkniffen sich jeglichen Kommentar zur Haarfarbe meiner Freundin, es war zu offensichtlich, dass dieses Ergebnis nicht geplant gewesen sein konnte.

»Auf Sonja!« Thea stemmte ihren Maßkrug in die Höhe, alle stießen mit an. Auch eine Art von Trauerbewältigung.

»Habt ihr schon gehört, Wolfgang ist aus dem Chor ausgetreten!«, überbrüllte Ullrich die Blasmusik. »Der Thurgau hat mich heute Mittag angerufen und es mir gesagt.«

Hatte Wolfgang etwa kalte Füße bekommen, nachdem Hans gestern die Streitereien zwischen ihm und Magnus Hofstaller publik gemacht hatte?

»Und warum?«, wollte ich wissen.

»Er sagte, seine Entscheidung habe persönliche Gründe, weiter hat er sich nicht dazu geäußert.«

Ullrich blickte besorgt, der überstürzte Austritt aus dem Chor warf in der Tat kein gutes Licht auf Wolfgang.

Doris holte uns zwei Steckerlfische, die wir mit einer zweiten Maß genüsslich verzehrten.

»Jetzt wäre ein Verdauungsschnaps recht«, stellte ich nach dem leckeren, aber fetten Essen fest.

»Lass uns ein bisschen herumflanieren«, schlug Doris vor. Wir verabschiedeten uns von den Chorsängern und ließen uns im Strom der Menge zum Kriegerdenkmal treiben. Unentwegt klopften mir Bekannte oder Freunde auf die Schulter, ganz Freising schien auf dem Altstadtfest unterwegs zu sein. Als wir endlich an einer gut besuchten Bar zwei Fernet bestellt hatten, sah ich doch glatt am gegenüberliegenden Imbissstand Till Backhaus in der Schlange anstehen. Also das hätte ich nicht erwartet! Gestern noch der trauernde Verlobte, heute bereits wieder am Feiern!

»Da drüben steht der Traum deiner schlaflosen Nächte!« Ich machte mit dem Kopf eine Bewegung in Richtung Imbissstand, Doris' Augen fingen an zu leuchten.

Nachdem ich den Fernet geleert hatte, entschloss ich mich kurzerhand, zu ihm rüberzugehen.

»Den kauf ich mir«, raunte ich Doris zu. »Na, Herr Backhaus, schönes Fest, was?«

Till Backhaus sah mich mit verschleiertem Blick an, so als wisse er im ersten Moment gar nicht, wer ich war.

»Ach Maja, waren wir denn nicht per du?«

»Also zwei Schnitzelsemmeln und eine Portion Emmentaler, und alles einpacken, oder?«, rief die Frau aus dem Wagen heraus.

»Ja, bitte«, wandte sich Till kurz an die Verkäuferin.

Erst jetzt sah ich, dass er eine mit Flecken beschmierte Hose trug und dass seine Hände ziemlich dreckig waren.

»Ich habe nichts zu Essen zu Hause«, erklärte er seinen ungewöhnlichen Einkauf.

Doris stieß mir ihren Ellbogen in die Seite.

»Darf ich vorstellen, das ist meine Freundin Doris Winter, sie ist die Kulturreferentin von Freising.«

Doris streckte Till mit einem breiten Lächeln die Hand entgegen.

»Sie können gleich Doris zu mir sagen.«

Till Backhaus besah sich kurz seine schmutzige rechte Hand und entschuldigte sich.

»Tut mir leid, aber so kann ich Ihnen nicht die Hand geben, ich habe gerade gearbeitet und bin nur schnell hergekommen, weil ich Hunger hatte.«

»An was arbeiten Sie denn?«, fragte Doris neugierig.

Till sah zwischen Doris und mir hin und her. »Interessiert Sie das wirklich? Wenn Sie möchten, können Sie ja mitkommen, meine Werkstatt ist nur fünf Minuten entfernt.«

»Oh ja, sehr gerne sogar«, bestimmte Doris über meinen Kopf hinweg.

Also bahnten wir uns den Weg durch die vielen Leute in der Ziegelgasse und folgten Till Backhaus zu einer großen Scheune im Kammerhof, deren hölzerne Tür mit einem Vorhängeschloss abgesperrt war.

»Sonja hat mir die Scheune geschenkt«, sagte Till leise. Er sperrte das Schloss auf, ging in den dunklen Raum hinein und schaltete auf der linken Seite das Licht an.

Doris und ich traten ein und starrten mit aufgerissenen Augen auf das große Objekt, das in der Mitte der Scheune aufgebaut war: Es war Sonja, überlebensgroß und aus Gips! Splitternackt lag sie auf einem länglichen Sockel, mit dem rechten Arm stützte sie sich lasziv auf, und mit der linken Hand hielt sie eine Traube über ihren halb geöffneten Mund. Die vollen Brüste und die prallen Speckröllchen waren so lebensecht herausgearbeitet, dass ich vor Scham wegsah. Doris hingegen ging natürlich ganz nah hin und sah sich die Gipsfigur genauestens an. Till lächelte: »Als ich Sonja zum ersten Mal sah, wusste ich sofort, dass ich sie modellieren wollte. Ich halte es in dieser Beziehung ganz mit Rubens, dünne, knochige Frauen haben für mich nichts Weibliches. Sonja war meine Muse, sie war einfach wunderbar!«

Doris fuhr sich zufrieden über die dicken Hüften.

»Sonja saß mir gern Modell, wir hatten viel Spaß.« Tills Miene verdunkelte sich wieder.

Ich war schockiert! So etwas hatte ich Sonja nicht zugetraut! Ich sah mich weiter in dem großen Raum um. Es standen einige weibliche und männliche Oberkörper mit und ohne Kopf herum, dazwischen lagen merkwürdige, rostige Gebilde, Lumpen und Werkzeug. In einer Ecke standen prall gefüllte, weiße Säcke, daneben so etwas wie eine Betonmischmaschine und einige Kübel.

»Wenn ich gewusst hätte, dass ich Besuch bekomme, hätte ich natürlich aufgeräumt«, erklärte er.

»Ich finde das hier alles hochinteressant«, staunte Doris. »Und an was arbeiten Sie im Moment?«

»Es ist eine Schweißarbeit. Sie liegt dahinten. Gehen Sie nur hin und sehen Sie es sich an!«, forderte er Doris auf.

Doris marschierte in die besagte Ecke und blieb vor einem eigenartigen Rosthaufen stehen.

»Ich bin noch nicht fertig, aber ich glaube, man kann schon erkennen, was es ist.«

Neugierig ging auch ich zu dem merkwürdigen Objekt, meine Vorstellungsgabe reichte allerdings nicht aus, um zu erkennen, was das etwa ein Meter breite Rostknäuel mit dem herausstehenden Eisenstab werden sollte. Doris warf mir einen vielsagenden Blick zu, aber ich verstand immer noch nicht.

»Es ist eine Biene, Maja«, klärte mich Till auf. »Jeder hat seine eigenen Methoden, Schicksalsschläge zu verarbeiten«, ergänzte er mit gesenktem Kopf.

»Wenn es dir hilft«, meinte ich schulterzuckend, Doris fiel mir sofort ins Wort: »Es ist großartig, Till, es ist einzigartig! Man sieht die ganze Wut und Verzweiflung in dieser Arbeit!«

Till erhob die Stimme: »Meine Wut gilt gar nicht den Tieren!« Er schlug mit dem Fuß gegen einen dieser Säcke, die in der Ecke standen, dann ging er unruhig auf und ab. »Trinken

Sie ein Gläschen Rotwein mit mir?«, fragte er plötzlich unbeholfen. »Ich habe aber nur Pappbecher hier.«

»Das macht doch nichts«, beruhigte ich ihn und half ihm dabei, drei Klappstühle aufzustellen, die an einer Wand lehnten.

Till entkorkte eine Flasche Chianti und goss uns davon ein.

»Auf Sonja!«, wiederholte ich zum x-ten Mal an diesem Tag.

Doris und ich nahmen einen Schluck Wein, Till hielt seinen Pappbecher reglos in der Hand und starrte abwesend vor sich hin. Es war offensichtlich, dass ihn seine Erinnerungen gerade weit weg trugen.

Plötzlich richtete er einen flehenden Blick auf mich.

»Ich muss jetzt einfach mit jemandem darüber reden«, stammelte er nervös. »Ich bin gestern Abend noch nach Hohenbachern gefahren. Das hohe Gras in der Wiese war so heruntergedrückt, dass ich genau wusste, wo die Stelle war, an der ...« Till stockte, dann brach es mit einem Mal aus ihm heraus: »Sie ist ermordet worden! Es waren Bienenstöcke an der Straße! Jemand hat sie dort hinbestellt, weil er wollte, dass sie stirbt!«

Er sah mich Hilfe suchend an.

»Derselbe Gedanke quält mich, seit ich sie gefunden habe!«, rief ich fast erleichtert.

»Wer hat sie dort hinbestellt? Ich muss es herausfinden, sonst komme ich nicht mehr zur Ruhe, das bin ich Sonja schuldig!«

»Wir werden dir dabei helfen«, wirkte Doris sanft auf ihn ein. Sie duzte ihn wie selbstverständlich, als würden sie sich schon ewig kennen. Dann rutschte sie mit ihrem Klappstuhl ein wenig näher zu ihm hin und legte doch tatsächlich ihren Arm um ihn. Wenn sie dieses Tempo beibehielt, würde sie sich spätestens in einer halben Stunde als neues Nacktmodel auf dem Fußboden räkeln, aber vorher würde ich gehen, das schwor ich mir!

»Warum wollte jemand, dass Sonja stirbt?«, fuhr Till von Doris' Annäherungsversuchen gänzlich unbeeindruckt fort. »Seit gestern Abend zermartere ich mir den Kopf darüber, und ich komme immer wieder auf den Mord an diesem Hofstaller zurück. Vielleicht verfügte Sonja unbewusst über irgendwelche Informationen, und der Täter hatte Angst, dass ihn Sonjas Wissen belasten könnte!«

»So könnte es gewesen sein!« Ich fand Tills Vermutung gar nicht so abwegig. »Wie gut kennst du eigentlich Brigitte Hofstaller?«, wollte ich von ihm wissen.

»Persönlich fast überhaupt nicht. Ich hatte sie erst bei diesem Chorkonzert in Bamberg kennengelernt, aber natürlich hat mir Sonja vorher viel über sie erzählt. Sie waren seit Urzeiten miteinander befreundet, obwohl ich, ehrlich gesagt, eher das Gefühl hatte, dass zwischen den beiden eine Art Konkurrenzsituation herrschte. Ich glaube, Sonja hatte mich in erster Linie wegen Brigitte gebeten, zum Konzert nach Bamberg mitzukommen. Glaubst du, dass sich Sonja in Hohenbachern mit Brigitte treffen wollte?«, fragte er angespannt.

»Ich habe keine Ahnung. Hat dir Sonja erzählt, dass Brigitte einen Liebhaber hatte?«

»Ja, Brigitte hatte sich Sonja gegenüber damit gebrüstet. Um wen es sich dabei handelte, hatte sie ihr allerdings nicht verraten, nur dass er erheblich jünger war als Brigitte.«

»Es handelt sich um Korbinian Hefner, ein Steinmetzmeister aus dem Betrieb ihres Mannes.«

»Von dem habe ich noch nie etwas gehört, woher weißt du das, Maja?«

»Zufall«, meinte ich kurz.

»Wo wirst du denn jetzt wohnen?«, mischte sich Doris in die Unterhaltung ein. »Wie ich mitbekommen habe, hast du deine Wohnung in Pfaffenhofen gekündigt?«

»Ja, so ist es. Die Schwester von Sonja war sehr nett zu mir, sie hat mir angeboten, noch drei Monate hier zu wohnen, damit ich ohne Zeitdruck eine neue Wohnung suchen kann. Dann wird sie das Haus wohl verkaufen.«

»Und wo wirst du suchen, in Freising oder in Pfaffenhofen?« Doris ließ nicht locker.

»Ich werde nach Pfaffenhofen zurückgehen, aber am Wochenende werde ich mich oft hier in der Scheune aufhalten.«

Tills Magen knurrte laut.

»Pack doch endlich deine Sachen aus und iss etwas«, forderte ich ihn auf. »Wir werden uns jetzt sowieso wieder verabschieden, damit du in Ruhe weiterarbeiten kannst.«

Wenn Blicke töten könnten, wäre ich jetzt auf der Stelle tot umgefallen, so blitzte mich Doris an. Ich stand auf und klopfte Till ermutigend auf die Schulter. »Wir werden dahinterkommen, mit wem sich Sonja in Hohenbachern treffen wollte, das verspreche ich dir!«

Till stand ebenfalls auf und verabschiedete sich, er wirkte nach wie vor sehr mitgenommen. Doris fügte sich widerwillig.

Draußen raunzte mich Doris an: »Warum hattest du es denn so eilig?«

»Du hättest den armen Kerl mit deiner verwelkten Rubensbrust fast erstickt.«

»Blödsinn!«, meinte Doris lediglich. »Ich brauche noch einen Absacker, im Asaminnenhof gibt es eine Bar, da gehen wir jetzt hin!«

Brav tippelte ich in meinen todschicken Riemchensandaletten hinter ihr her und drängte mich an den nicht mehr ganz nüchternen Feierlustigen, die am Bierstand in der Oberen Hauptstraße Schlange standen, vorbei.

»Hey, du scharfa Feuermelder, zoist ma no a Hoibe?«, rief ein bierseliger Mitfünfziger von links.

»Ich glaube, wir gehen lieber zu dir in die Weinstube«, entschied Doris daraufhin schnell, was mir auch recht war.

12

Am Sonntagmittag war ich bei Lilli zum Essen eingeladen. Meine gut zehn Jahre jüngere Freundin war eine ausgezeichnete Köchin. Die Rindsrouladen waren ein Gedicht, und beim Nachtisch ließ ich mir noch eine extra Portion ihrer wunderbaren Bayerischen Creme auf den Teller geben. Nach dem Essen liefen Lillis Kinder hinaus in den Garten, und Lilli ging in die Küche, um Kaffee zu kochen.

»Na, wie läuft's denn mit meinem ehemaligen Lieblingsschüler?«, fragte Lillis Mann Robert, als wir allein am Tisch saßen.

»Welcher Lieblingsschüler?« Lillis Mann war Lehrer am Camerloher-Gymnasium.

»Na der Schorsch, er arbeitet doch bei dir.«

»Ich wusste gar nicht, dass du ihn kennst. War er wirklich dein Lieblingsschüler?«, fragte ich überrascht.

»Das war ironisch gemeint, Maja. Er ist ein netter Kerl, aber schusselig und schlampig ohne Ende. Hast du das noch nicht bemerkt?«

Ich lachte auf. »Schusselig nennt man das also, wenn jemand permanent zu spät kommt!«

»Schorsch ist ein Mathegenie, damit hat er es trotz seiner Schlampigkeit bis zum Abitur gebracht. Der Junge hatte es nicht leicht, das muss man ihm zugutehalten. Der Vater ist früh verstorben, und die Mutter war mit ihren Putzjobs gerade in der Lage, für das Nötigste zu sorgen. Schorsch war meist in Geldnot und hatte bei fast allen Mitschülern Schulden. Da er das Geld nicht zurückzahlen konnte, bot er als Gegenleistung fragwürdige Dienste an. So manche Mathearbeit wurde unter anderem Namen in seinem Kopf gelöst, das habe ich durch Zufall erfahren, als er bereits nicht mehr an der Schule war.«

»Sieh mal an, so viel Raffinesse hätte ich ihm gar nicht zugetraut!«

Lilli kam mit dem Kaffee und stellte selbst gebackenen Apfelkuchen auf den Tisch.

»Du musst ja nichts davon essen, Maja«, bemerkte sie in gewohnter Manier, da ich mich normalerweise bemühte, meine Kalorienzufuhr nicht ausufern zu lassen.

»Dick ist wieder modern!«, klärte ich meine verblüffte Freundin auf und lud mir ein großes Stück Kuchen mit Sahne auf den Teller.

»Ja dann«, meinte Robert und tat es mir gleich.

»Nur was Frauen betrifft, Robert, es geht ums Weibliche.«

Robert hörte nicht, was ich sagte, er schob gierig ein großes Stück Apfelkuchen in den Mund.

»Hast du Maja gesagt, dass Schorsch neulich wieder auf dem Pausenhof herumgelungert hat?«, fragte Lilli ihren Mann.

»Wollte ich gerade erzählen«, schmatze Robert mit vollem Mund. Als er hinuntergeschluckt hatte, fuhr er fort: »Vor etwa zwei Monaten hat Schorsch ganz offensichtlich nach neuer Kundschaft gesucht. Er sprach auf dem Pausenhof verschiedene Schüler an, die er von früher kannte. Ich bin zu ihm hingegangen und habe ihm gesagt, wenn er Geld brauche, solle er es doch einmal auf die seriöse Tour versuchen. Es gäbe genug Schüler, die Nachhilfeunterricht in Mathematik bräuchten, und er solle einen Aushang am Schwarzen Brett machen. Es war ihm sichtlich peinlich, dass ich ihn durchschaut hatte, aber er riss sich zusammen, bedankte sich höflich für den Tipp und zog wieder ab. Bezahlst du ihn denn so schlecht, Maja?«

»Unsinn, er wird genauso bezahlt, wie alle anderen Studenten, die bei mir arbeiten. Aber wenn er damit seinen gesamten Lebensunterhalt finanzieren muss, könnte es schon eng werden«, gab ich zu. »Inzwischen dürfte sich seine Lage allerdings gebessert haben, er ist nämlich mit Denise Hofstaller liiert, und die hat gerade geerbt.«

Ich erzählte den beiden, was ich über Magnus' Erbe wusste.

»Das heißt noch lange nicht, dass Denise Hofstaller den Schorsch jetzt aushält«, gab Robert zu bedenken. Damit hatte er natürlich recht.

Satt und zufrieden verabschiedete ich mich schließlich und ging den kurzen Weg nach Hause. Als ich die Tür aufsperrte, hörte ich aus der Entfernung die Martinshörner von Polizei- und Rettungsfahrzeugen im Einsatz. Wahrscheinlich wieder ein Verkehrsunfall, dachte ich, dann legte ich mich zu einem gemütlichen Nickerchen auf die Couch.

Um halb acht betrat ich die Weinstube und stellte fest, dass ich die Erste war, meine Mitarbeiter genossen offenbar noch die letzten Sonnenstrahlen des ausklingenden Sommertages. Während ich in der Küche Salat putzte, klingelte das Telefon.

»Maja, hier ist Schorsch«, hörte ich am anderen Ende der Leitung.

»Schorsch, du willst mir doch nicht sagen, dass du schon wieder nicht kommen kannst!« Mir riss allmählich der Geduldsfaden.

»Doch, Maja, es ist etwas passiert. Ich muss mich um Denise kümmern, sie verkraftet das alles bald nicht mehr.«

»Was ist denn los?«, fragte ich etwas mitfühlender.

»Brigitte ist tot.«

»Was?« Geschockt setzte ich mich auf einen Küchenstuhl.

»Sie hatte heute Nachmittag einen Unfall im Diözesanmuseum. Sie ist eine Treppe hinuntergestürzt und hat sich das Genick gebrochen.«

Ich war so baff, dass ich einfach auflegte. Nein, das gab es doch nicht! Erst Magnus, dann Sonja, jetzt Brigitte! In meinem Kopf drehte sich alles. Noch gestern hatte ich Brigitte verdächtigt, dass sie mit Sonjas mysteriösem Tod etwas zu tun haben könnte, und heute war Brigitte selbst bei einem Unfall ums Leben gekommen. Wenn es ein Unfall war, murmelte ich vor mich hin. Spätestens morgen früh würde ich aus der Zeitung erfahren, ob es für diesen angeblichen Unfall Zeugen gab oder nicht. Wenn nicht, und davon war ich fest überzeugt, war dies bereits der zweite als Unfall getarnte Mord. Oder vielleicht sogar der dritte? Falls Magnus ohne seine Pillen an Herzversagen gestorben wäre, hätte wahrscheinlich niemand von Mord gesprochen!

Ich widmete mich wieder dem Salat. Als Alois kurz darauf zur Arbeit kam, erzählte ich ihm natürlich sofort die entsetzlichen Neuigkeiten.

»Dann wird Denise jetzt noch reicher«, war alles, was er dazu zu sagen hatte. Merkwürdig, noch vor ein paar Monaten hatte ich das Gefühl gehabt, dass er und Schorsch sich sehr gut verstanden. Seit dem Mord an Magnus Hofstaller hatte er jedoch nur noch sarkastische Bemerkungen für Schorsch übrig.

Während ich an diesem Abend lustlos meiner Arbeit in der Weinstube nachging, fasste ich den Entschluss, mit Kommissar Scheffel über meine Zweifel an Sonjas Unfalltod zu sprechen. Schließlich war es seine Aufgabe, unnatürliche Todesumstände zu untersuchen.

13

Am nächsten Morgen stand bereits ein großer Bericht über Brigittes tödlichen Treppensturz im Freisinger Tagblatt. Sie war auf dem mittleren Treppenabsatz zwischen dem ersten und zweiten Stock gefunden worden, die Todesursache war zweifelsfrei Genickbruch. In dem Artikel hieß es, Brigitte H. habe sehr hohe Sandaletten mit glatter Sohle getragen, die wohl auf den glatt gewetzten Steintreppen die Bodenhaftung verloren hätten. Der Vorfall wurde als äußerst tragischer Unglücksfall bezeichnet.

Na was jetzt, gab es nun Augenzeugen oder nicht?

Ich wählte die Privatnummer von Kommissar Scheffel.

»Maja, hast du schon von Brigitte gehört! Ist es nicht entsetzlich? Ach ja, ich wollte dich sowieso anrufen, Theos Fernsehauftritt ist noch am Aufnahmetag gezeigt worden, hat sich Viola vielleicht bei dir gemeldet, dass sie es zufällig gesehen hat?«

»Nein, hat sie nicht. Ist dein Mann noch da?«

Ruth gab enttäuscht den Hörer weiter.

»Frau Kuckuck, ich frühstücke gerade«, schmatzte Kommissar Scheffel unwirsch ins Telefon.

»Ich auch, Herr Kommissar. Ich muss unbedingt mit Ihnen sprechen, sind Sie heute in der Freisinger Polizeiinspektion?«

»Um neun Uhr«, sagte er knapp und legte auf.

Kurze Zeit später saßen wir uns in dem mir bereits vertrauten Büro der Polizeiinspektion gegenüber. Der Kommissar hatte einen hochroten Kopf, was so früh am Morgen nicht allein von der Hitze kommen konnte. Ein junger Polizeibeamter trat ein und nahm neben dem Kommissar Platz.

»Es scheint eine ansteckende Krankheit zu sein, dass das

Erinnerungsvermögen bei einigen Leuten erst nach einer gewissen Bedenkzeit wieder funktioniert. Also schießen Sie los, Frau Kuckuck, was ist Ihnen im Nachhinein eingefallen!«

»Zuerst muss ich Sie etwas fragen, Herr Kommissar. Hat jemand gesehen, wie Brigitte Hofstaller gestern im Museum die Treppe hinuntergestürzt ist?«

Kommissar Scheffel drehte unruhig einen Bleistift in seinen Händen und sah mich irritiert an.

»Frau Kuckuck, falls Sie neuen Stoff für Ihre Detektivspielchen brauchen, wäre ich Ihnen sehr dankbar, wenn Sie Ihre Ambitionen auf den Mord von Magnus Hofstaller beschränken würden. Natürlich gibt es eine routinemäßige Untersuchung, was den Unfall von Frau Hofstaller angeht, aber ich sage es Ihnen hiermit in aller Deutlichkeit: Mit diesem halsbrecherischen Schuhwerk grenzt es an ein Wunder, dass es Frau Hofstaller überhaupt bis zum Diözesanmuseum geschafft hat! Und dann sage ich Ihnen noch etwas: Der Tod von Brigitte Hofstaller macht unsere Ermittlungen im Mordfall ihres Mannes nicht gerade leichter, also kommen Sie endlich auf den Punkt und sagen Sie mir, was Ihnen in diesem Zusammenhang noch eingefallen ist!«

Der Kommissar war schon wieder so geladen, dass ich kurz überlegte, ob es überhaupt Sinn machte, ihm von meinem Verdacht zu erzählen. Da ich mich anschließend jedoch bestimmt besser fühlen würde, legte ich los: »Sonja Moll wurde ermordet.«

Dem Kommissar fiel die Kinnlade nach unten, dann blickte er seinen Kollegen an und ließ, die Augen zur Decke gerichtet, den Kopf nach hinten fallen.

»Leider kann ich die Biene nicht mehr verhaften, Frau Kuckuck, weil sie nach dem Gesetz der Natur bei dem heimtückischen Mord selbst ihr Leben lassen musste!«

»Sie nehmen mich nicht ernst, Herr Kommissar!«

»Nein, wie kommen Sie denn darauf!« Er stand energisch auf und ging Haare raufend im Zimmer hin und her.

»Heinz, übernimm du! Ich halt's nicht mehr aus!«

Der junge Beamte beugte sich zu mir vor und machte ein ernstes Gesicht. Ob er mich verstehen würde?

»Also, wie Sie ja wahrscheinlich wissen, habe zufälligerweise ich Sonja Moll gefunden.«

»Wenn ich bemerken darf, unter sehr merkwürdigen Umständen«, mischte sich der Kommissar wieder ein. »Mir wurde berichtet, dass ein betrunkener Mann hinter dem Steuer Ihres Wagens gesessen hat.« Er zog die rechte Augenbraue nach oben und wartete auf eine Erklärung.

»Der Mann war nicht betrunken, es war ein Bekannter, der meine Bremsen überprüft hat. Jedenfalls war auf der Picknickdecke für zwei Personen gedeckt, Sonja hat also auf jemanden gewartet.«

»Frau Kuckuck«, unterbrach mich Kommissar Scheffel erneut, »es ist mir bekannt, dass ganz in der Nähe Bienenstöcke stehen. Bestimmt hat diese Tatsache Ihre Fantasie derart angeregt, dass Sie nun davon überzeugt sind, jemand hätte Frau Moll dort hinbestellt, um sie von seinen geflügelten Komplizen ermorden zu lassen.«

Ich stand auf und ärgerte mich.

»Es hat keinen Sinn, Sie machen sich nur über mich lustig. Aber ich werde Ihnen noch beweisen, dass es so war! Und ich glaube auch nicht daran, dass Brigitte Hofstaller ausgerutscht ist, sie ist gestoßen worden!«

»Natürlich, Frau Kuckuck. Kennen Sie die Geschichte vom Tod des berühmten Tenors Fritz Wunderlich? Da ist es genauso, seit Jahrzehnten halten sich Gerüchte, dass der Mann von einem Neider die Treppe hinuntergestoßen wurde, dabei ist er ganz einfach über seine eigenen Schnürsenkel gestolpert.«

»Waren Sie dabei?«, fragte ich böse zurück, dann ging ich hinaus und knallte die Tür hinter mir zu.

Ich hätte es wissen müssen! Der Kommissar würde sich niemals etwas von mir sagen lassen, dazu war er viel zu stolz!

Mies gelaunt stapfte ich die Ziegelgasse hinunter und ärgerte mich, dass ausgerechnet montags alle Museen geschlossen waren. Es drängte mich, den Domberg hinauf zum Diözesanmuseum zu gehen und den Museumswärtern ein paar Fragen zu stellen.

Lustlos schlenderte ich vor mich hin und überlegte noch, ob ich Schuhe kaufen sollte, als ich an einer Boutique für sehr modebewusste junge Frauen vorbeiging. Im Schaufenster sah ich ein paar Pumps mit dazu passender Handtasche, die der absolute Hammer waren. Auf goldenem Leder waren lauter kleine, bunte Spiegelblättchen angebracht, es blitzte in allen Farben. Magisch zog es mich in das Geschäft, wo ich sofort die Schuhe anprobierte, die mir bedauerlicherweise zu klein waren. Dann musste ich wenigstens die Tasche haben! Noch im Geschäft räumte ich den Inhalt meiner alten Handtasche in das sündhaft teure Designerteil und ging wieder hinaus auf die Hauptstraße. Die Tasche war der Knaller, es gab kaum einen Passanten, dessen Blick nicht daran haften blieb.

Mit erheblich besserer Stimmung ging ich weiter und kam an Sonjas Trachtenmodengeschäft vorbei. Nanu, der Laden war ja wieder geöffnet! Neugierig blieb ich am Schaufenster stehen und spähte in den Geschäftsraum. Ich konnte eine Kundin entdecken, die eine Dirndlbluse von der Stange nahm und diese von allen Seiten begutachtete. Die Verkäuferin daneben hatte bereits einige Blusen über dem Arm hängen und schaute genervt auf die unentschlossene Kundschaft. Ich öffnete die Ladentür und trat ein.

»Wollen Sie nicht erst einmal diese hier anprobieren?«, meinte die Verkäuferin mit den Blusen ungeduldig.

»Frau Moll hat immer genau gewusst, was mir steht«, keifte die Kundin zurück, »sie hat mir sofort das Richtige gegeben.«

»Frau Bettenschläger, wir werden schon eine passende Bluse für Sie finden!« Eine andere Verkäuferin kam hinzu und redete beschwichtigend auf die Kundin ein. »Es ist für uns alle schwer, dass Frau Moll …« Sie sprach den Satz nicht zu Ende und steuerte stattdessen auf mich zu.

»Womit kann ich Ihnen behilflich sein?«, erkundigte sie sich ziemlich aufgesetzt, während sie mit großen Augen auf meine Handtasche starrte. Sie trug ein wunderschönes azurblaues Dirndl, das sehr gut zu ihren halblangen, brünetten Haaren passte.

»Ich schaue nur, was Sie haben. Wenn ich Sie brauche, werde ich es Ihnen sagen!«, wimmelte ich sie höflich, aber bestimmt ab. Ich wollte mich unbeobachtet ein wenig umsehen.

Der Verkäuferin schien das überhaupt nicht zu passen, sie ging zwei Meter zurück und beäugte mich misstrauisch. »Suchen Sie etwas Bestimmtes, ich meine, ich könnte Ihnen doch zumindest zeigen, wo Sie die entsprechenden Modelle finden.«

Der Wachhund gab nicht auf. Wenn ich mich recht erinnerte, war sie es auch gewesen, die mich bei meinem letzten Besuch in Sonjas Laden darauf hingewiesen hatte, dass der Holzhocker in der Mitte des Geschäftes nicht für mein wertes Hinterteil gedacht war.

Ich stöberte bei Trachtenjacken und Charivaris herum, während ich mich zielsicher zum Nebenraum im hinteren Bereich des Geschäftes vorarbeitete. Sonja hatte den Raum gleichermaßen als Nähzimmer und Büro genutzt. Ich erinnerte mich, dass sie mir dort einmal einen Rock abgesteckt hatte, der geändert werden musste. Außer einer Nähmaschine und diversen Schneiderutensilien beherbergte dieser Raum auch einen großen, massiven Schreibtisch und ein Telefon. Die Tür war nur angelehnt, ich konnte sogar einen Teil des Schreibtisches erkennen. Ob Sonja in ihrem Terminkalender vermerkt hat, mit wem sie sich in Hohenbachern treffen wollte? Ich spürte den Blick der Verkäuferin im Nacken, es war unmöglich, sich unbeobachtet in den Raum zu stehlen. Möglichst uninteressiert ging ich daran vorbei und blieb vor einer Kleiderstange mit violetten Dirndln stehen. Endlich klingelte das Glöckchen über der Ladentür, ein Paar mittleren Alters betrat das Geschäft.

»Mein Mann braucht eine neue Lederhose, das wird nix mehr mit der Diät«, verkündete die Frau so laut, dass sich alle Anwesenden genötigt fühlten, einen Blick auf den doch beträchtlichen Bauchumfang des Herrn zu werfen.

Der Wachhund wandte sich widerwillig von mir ab und führte die beiden zu den Lederhosen. Die Beratung stellte sich als äußerst schwierig heraus, da Mann und Frau geschmacklich nicht auf einen gemeinsamen Nenner zu bringen waren. Ich wartete noch ein wenig ab, bis der gewichtige Herr in der Umkleidekabine verschwand. Seine Frau hielt nach wie vor die Verkäuferin unter Beschlag, um dieser zu erklären, warum die Lederhose etwas länger und nicht zu hell sein sollte. Die zweite Umkleidekabine war mit der Blusen-Kundin besetzt. Jetzt oder nie! Beherzt schnappte ich mir ein violettes Dirndl und huschte in das Nebenzimmer. Ich lehnte die Tür von innen wieder an und ging zu Sonjas Schreibtisch. Außer dem Telefon, zwei Bleistiften und einem leeren Notizblock war der Tisch leer. Ich zog an der obersten Schreibtischschublade und wühlte etwas zwischen mehreren Trachtenmoden-Heften, die neben offenen Gummibärchen- und Bonbontüten der einzige Inhalt der Schublade zu sein schienen. Gespannt öffnete ich die nächste Schublade. Na also, Sonjas Terminkalender lag zuoberst auf einem Stapel bunter Heftordner.

Plötzlich stieß der Wachhund die Tür auf, gerade noch rechtzeitig konnte ich die Schublade wieder zuknallen.

»Was fällt Ihnen ein, hier unbefugt einzudringen! Ich hatte sofort den Verdacht, dass Sie nur herumschnüffeln!«

»Aber nein, wie kommen Sie denn da drauf!« Der Schrecken, der mir im Gesicht stand, war echt. Möglichst unschuldig setzte ich zur Verteidigung an: »Die beiden Umkleidekabinen waren besetzt, und da dachte ich, es wird bestimmt niemand etwas dagegen haben, wenn ich mal kurz –«

Die Verkäuferin riss mir das Dirndl von meinem linken Arm. »Größe 36, dass ich nicht lache!« Sie sah abschätzig an meiner Figur herunter. »Sie wollen mich wohl für blöd verkaufen! Ich werde die Polizei verständigen!«

Auweia, die meinte es ernst! Sie hatte bereits den Telefonhörer in der Hand, als ich schnell zum Gegenschlag ausholte: »Sonja ist noch keine Woche tot, und Sie spielen sich hier als neue Chefin auf! Man könnte meinen, Sie hätten nur auf diesen Moment gewartet!«

Die Verkäuferin wurde schneeweiß, langsam ließ sie den Telefonhörer wieder sinken. Mit schnellen Schritten verließ ich das Geschäft. Nichts wie raus hier, bevor sie es sich anders überlegte und doch noch die Polizei holte. So ein Mist, ich hatte Sonjas Terminkalender schon fast in der Hand gehabt!

Als ich wieder auf dem Marienplatz und direkt vor dem Rathaus stand, entschloss ich mich spontan, Doris einen Besuch in ihrem Büro abzustatten.

14

Unser Rathaus war ein richtiges Schmuckstück. Ich hatte am Tag der offenen Tür einmal Gelegenheit gehabt, den großen Sitzungssaal zu besichtigen. Wirklich beeindruckend, man wähnte sich in einem prächtigen Prunksaal aus der Renaissance und dachte unwillkürlich an rauschende Festgelage mit Tafelmusik im Hintergrund. Kaum vorstellbar, dass sich hier normal gewandete Kleinstadtpolitiker über die dritte Startbahn des Flughafens oder die Architektur der neuen Stadtbibliothek ereiferten.

Ich klopfte an die Tür von Zimmer 41 und bekam ein knurriges »Herein!« zur Antwort.

»Maja, was machst du denn hier?«, rief Doris überrascht, als sie mich erblickte.

»Ich kam gerade vorbei und dachte, ich schau mal rein.«

Stolz legte ich meine neue Handtasche auf Doris' Schreibtisch.

»Warst du in der Barbie-Abteilung bei Woolworth?«

»Die Geschmäcker sind eben verschieden«, meinte ich gekränkt. Dann berichtete ich Doris von meinem unglücklich gelaufenen Gespräch mit Kommissar Scheffel.

»Was hast du erwartet, Maja? Der Scheffel interessiert sich nur für handfeste Beweise, mit den Spekulationen irgendwelcher Leute gibt er sich nicht ab. Wenn niemand gesehen hat, dass Brigitte die Treppen hinuntergeschubst wurde, besteht ja auch die Möglichkeit, dass es tatsächlich ein Unfall war. Übrigens habe ich über Sonja Moll nachgedacht, und mir ist klar geworden, dass es völlig gleichgültig ist, mit wem sie sich in Hohenbachern treffen wollte, man wird dieser Person niemals einen Mord unterstellen können.«

»Du sprichst ja schon wie der Kommissar! Ich habe Till versprochen, dass ich es herausfinden werde, und dieses Versprechen werde ich halten!«

»Maja«, sagte Doris mit Unverständnis, »Till hat sich da in etwas verrannt, und du unterstützt ihn auch noch dabei. Sonja ist tot, und das muss er endlich akzeptieren. Es wäre besser für ihn, wenn er sich nette Gesellschaft suchen und sich ablenken lassen würde.«

»Und am besten gleich mit dir!« Ich war maßlos enttäuscht über diesen Sinneswandel, schließlich war ich bis vor einer Sekunde davon überzeugt gewesen, dass Doris mit mir am selben Strang zog.

»Maja, du bist altmodisch und prüde.«

Ich nahm meine Handtasche vom Tisch und erhob mich von meinem Stuhl. Weswegen stand ich eigentlich hier und ließ mich beleidigen? Wortlos verließ ich das Zimmer und marschierte die Treppen nach unten. Oberbürgermeister Bergnagel kam mir im Laufschritt entgegen und blickte zwei Sekunden zu lang auf meine Handtasche, er stolperte und stürzte direkt vor meine Füße.

Ich half ihm wieder hoch und fragte, ob er sich verletzt habe. Er fasste sich sofort an das Genick und sagte erleichtert: »Alles in Ordnung. Frau Kuckuck, was machen Sie denn im Rathaus?«

»Ich war nur kurz bei Frau Winter«, erklärte ich schnell und lief weiter. Ich und altmodisch, dass ich nicht lache! Mit dieser Handtasche würde sich Doris nicht einmal bei Nacht und Nebel vor die Tür trauen!

Der Abend in der Weinstube verlief ziemlich hektisch, die Geburtstagsfeier eines Stammgastes sorgte zwar für regen Umsatz, aber auch für reichlich Stress.

Gegen halb eins war die Stimmung am Siedepunkt angelangt. Gäste, die nicht zur Geburtstagsgesellschaft gehörten, beschwerten sich bei mir über die Lautstärke. Noch eine halbe Stunde, dann war endlich Feierabend, sagte ich mir erschöpft.

»Hast du gesehen, wer gerade gekommen ist?«, fragte Alois im Vorbeigehen. Ich sah eine junge, hübsche Frau Anfang zwanzig mit sehr langen, blonden Haaren suchend in der Weinstube stehen. Sie war ausnehmend attraktiv und wirkte in ihrer hautengen Edeljeans ziemlich sexy.

»Das ist sie«, klärte mich Alois auf, als er wieder an mir vorbeimusste.

»Wer?«

»Denise Hofstaller.«

Interessiert ging ich auf sie zu und reichte ihr die Hand.

»Ich bin Maja Kuckuck, suchen Sie jemanden?«

»Ja, ich wollte den Schorsch abholen, ich bin seine Freundin.«

Ihre Stimme war sonor und dunkel.

»Der Schorsch ist gerade im Weinkeller, aber ich brauche ihn noch bis um eins.«

»Dann warte ich eben«, meinte sie entschlossen und setzte sich an einen freien Tisch.

Hübsch war sie wirklich, dachte ich, aber sie hatte auch etwas Kühles, Unnahbares.

»Darf ich Sie auf ein Gläschen Wein einladen?«, fragte ich höflich.

»Ja, gern«, antwortete sie, wobei sie sich tatsächlich zu einem kleinen Lächeln durchrang.

Es schepperte plötzlich fürchterlich hinter dem Tresen, Alois hatte eine leere Flasche fallen lassen.

»Tut mir leid, Maja«, sagte er sofort, als ich ihm mit Schaufel und Besen zu Hilfe kam.

»Die blonde Schönheit macht dich wohl nervös, was?«

Alois' Gesicht wurde feuerrot. Aha, daher wehte der Wind! Er war eifersüchtig, deshalb sprach er in letzter Zeit so negativ über Schorsch.

Ich brachte Denise ein Gläschen Vernaccia und setzte mich kurz zu ihr.

»Sie haben es nicht leicht im Moment«, stellte ich mit der Absicht fest, sie zum Plaudern zu animieren.

»Allerdings«, war ihr einziger Kommentar. Ihre Mimik wirkte sehr kontrolliert, obwohl mich ihre Augen freundlich ansahen.

»Ich kannte Ihren Vater«, versuchte ich es weiter.

»Ich weiß, und ich weiß auch, dass er im Chor nicht sehr beliebt war.«

Die junge Frau nahm mir schon wieder den Wind aus den Segeln.

»Denise, weshalb bist du hergekommen?« Schorsch kam aufgeregt an unseren Tisch und küsste sie auf den Mund.

»Ich kann nicht allein sein«, sagte sie leise.

»Aber ich bin noch nicht fertig«, meinte er entschuldigend.

»Dann soll Denise eben so lange hier warten«, schlug ich vor und schickte Schorsch rüber zum Geburtstagstisch.

»Wenn Sie noch etwas möchten, brauchen Sie es nur zu sagen«, forderte ich sie auf und ging ebenfalls wieder an die Arbeit.

Alois war völlig von der Rolle, er goss ein Glas Rotwein bis unter den Rand ein und wollte es gerade servieren, als ich ihm noch rechtzeitig eine Rüge erteilen konnte. Mamma mia, dass die Männer immer gleich den Verstand verlieren!

Denise saß ruhig auf ihrem Platz und beobachtete das Treiben in der Weinstube. Als ich um Schlag ein Uhr meine Gäste höflich zum Gehen aufforderte, stand sie ebenfalls auf und stellte sich demonstrativ wartend an den Tresen.

»Du kannst ausnahmsweise Schluss machen, Schorsch«, rief ich meinem Angestellten zu, der sofort erleichtert seine Schürze auszog und mit Denise die Weinstube verließ.

»Dafür brauchst du morgen nicht aufräumen, Alois«, sah ich mich gezwungen, die Gerechtigkeit wieder herzustellen.

»Und ich geh dann am Mittwoch eher«, meinte Andreas genervt, der für meine Gutmütigkeit kein Verständnis hatte.

Ich hielt es für besser, das Thema nicht weiter zu verfolgen und begann, die restlichen Weingläser zu spülen.

Gegen zwei Uhr fiel ich gerädert ins Bett. Das war kein guter Tag gewesen, der Kommissar hatte sich über mich lustig gemacht, die Verkäuferin in Sonjas Geschäft hätte mich beinahe von der Polizei abholen lassen und ich hatte mich mit Doris gestritten. Aber so schnell würde ich mich nicht unterkriegen lassen, die Herrschaften sollten sich allesamt warm anziehen!

15

Als ich am Dienstagvormittag in meinen hohen Sandaletten die Domberggasse zum Diözesanmuseum hochbalancierte, musste ich dem Kommissar recht geben. Das grobe Kopfsteinpflaster war nichts für elegante Damenschuhe, es erforderte wahrlich Konzentration, nicht umzuknicken.

Ich betrat das Foyer des Museums und sah, dass gerade mehrere Personen an der Kasse Schlange standen. Für meine geplante Unterhaltung mit dem Kassierer war es günstiger, wenn sich niemand in der Nähe aufhielt, also besah ich mir ausführlich die Kunstführer, die an der linken Seite zum Kauf angeboten wurden, bis sämtliche Leute ins Museum verschwunden waren. Ich ging zur Kasse und kaufte eine Eintrittskarte.

»Ist es nicht schrecklich, was vorgestern hier passiert ist?«, leitete ich das Gespräch ein.

»Furchtbar, ich arbeite seit zwanzig Jahren in diesem Museum, aber das habe ich noch nicht erlebt«, sprudelte es aus dem Mann heraus. Er schien froh zu sein, sich mit jemandem über den Vorfall unterhalten zu können. »Es ist zwar schon häufiger vorgekommen, dass jemand hingefallen ist und sich den Knöchel verstaucht hat, aber dass sich die arme Frau gleich das Genick gebrochen hat, können wir hier alle nicht fassen.«

»Ich frage mich, warum kein Mensch das Unglück gesehen hat. Am Sonntag waren doch bestimmt eine Menge Besucher im Museum.«

»Ja, es war sehr viel los, ein paar Führungen und viele Einzelpersonen, aber offenbar hat es tatsächlich niemand mitbekommen, sonst hätte man ihr vielleicht noch helfen können. Eine geführte Gruppe von Franzosen hat die Frau gefunden, als die Herrschaften zum zweiten Stock hochgehen wollten, aber da war es bereits für jede Hilfe zu spät gewesen.«

Ich verabschiedete mich und betrat das Museum.

Wie jedes Mal war ich auch heute wieder beeindruckt vom hellen und eleganten Lichthof des fast hundertfünfzig Jahre alten Gebäudes. Der spätklassizistische Innenhof bot wahrlich einen wundervollen Rahmen für die hier regelmäßig stattfindenden Konzerte. Viele Besucher hielten erst einmal inne und ließen den einzigartigen Raum auf sich wirken, bevor sie die eigentlichen Ausstellungsräume aufsuchten.

Es war erst ein halbes Jahr her, dass ich in den Weihnachtsferien mit meinen Enkelkindern hier gewesen bin. Das Museum verfügt über eine bedeutende Krippensammlung, die nicht nur für Kinder sehenswert ist. Besonders die große Krippe aus Neapel mit dem bunten Markttreiben, den vielen heimischen und exotischen Tieren und den schönen Figuren mit ihren prächtigen Gewändern hatte es meinen Enkelkindern angetan.

Zielstrebig ließ ich das Erdgeschoss links liegen und stieg die große Treppe in der Mitte des Lichthofs nach oben. Von hier aus konnte man über zwei Treppenaufgänge in den zweiten Stock gelangen, entweder auf der linken oder auf der rechten Seite. Wo aber war der Sturz passiert? Kurzerhand entschloss ich mich zuerst einmal für die linke Seite. Ich ging den blank polierten Flur an der Brüstung entlang zur Treppe vor und sah auf eine geführte Gruppe im Lichthof hinunter. Das Museum war auch mitten unter der Woche ein Besuchermagnet, aber wen wundert's, nach dem Vatikanmuseum in Rom beherbergte das Diözesanmuseum die weltweit zweitgrößte Sammlung sakraler Kunst.

Als ich die Treppe erreichte, starrte ich mit mulmigem Gefühl zum breiten Absatz hoch, an dem die Stufen die Richtung wechselten. Hier könnte es gewesen sein. Beklommen ging ich nach oben und inspizierte den Fußboden. Es waren weder irgendwelche Markierungen der Polizei noch

Unfallspuren zu erkennen, aber natürlich hatte man in der Zwischenzeit alle Hinweise auf den tragischen Vorfall beseitigt.

Während meine Augen noch den Steinboden absuchten, hatte ich auf einmal das Gefühl, dass ich beobachtet wurde. Ich drehte den Kopf instinktiv nach links und erschrak fürchterlich. Korbinian Hefner stand breit aufgebaut oben an der Treppe und starrte auf mich herab. Ich fröstelte, was machte er hier?

»Suchen Sie etwas Bestimmtes, Frau Kuckuck?«, fragte er streng zu mir herunter. Offenbar hatte er bereits eine Weile dort gestanden.

»Darf ich fragen, was Sie hier machen?« Ich bemühte mich um eine feste und sichere Stimme.

»Ich wollte mir ansehen, wo meine ehemalige Chefin in den Tod gestürzt ist.«

Die offene Antwort überraschte mich, ich hatte erwartet, dass er mir eine schlechte Ausrede auftischen würde.

»Woher wissen Sie, dass es diese Treppe war, das stand doch gar nicht in der Zeitung?«

»Ich habe einen Museumswärter gefragt.«

Er durchbohrte mich wie bei unserem ersten Aufeinandertreffen mit seinen stechenden Augen.

»Frau Hofstaller hatte fast die gleichen Schuhe an wie Sie, als es passiert ist.«

Diese Feststellung klang wie eine Drohung. Ich schluckte.

»Woher wissen Sie denn das?«

»Ich habe sie kurz davor getroffen, sie fragte mich, ob ich mitgehen wolle. Frau Hofstaller ging gern in Museen.«

»Ja, also dann werde ich mir jetzt weiter die Ausstellungsstücke ansehen«, sagte ich wenig überzeugend und drehte mich um.

»Aber Sie wollten doch nach oben gehen, Frau Kuckuck?«, rief Hefner mir hinterher.

Bin ich wahnsinnig und gehe an derselben Stelle an diesem

Monster vorbei, an der Brigitte höchstwahrscheinlich hinuntergestoßen wurde? Nichts wie raus, war mein einziger Gedanke, der Hefner wusste sowieso, dass ich nicht wegen der Kunstwerke gekommen war.

Als ich an dem verdutzt dreinblickenden Kassierer vorbeigerauscht war und das Gebäude verlassen hatte, war mir wieder wohler. Die Julisonne schien mir ins Gesicht, ich war umringt von Touristen, die den Dom besichtigen wollten. Hier war ich sicher.

Mit kleinen, vorsichtigen Schritten ging ich den Domberg nach unten und ließ mir die soeben erlebte Szene durch den Kopf gehen. Dieser Hefner spielte mit mir, er legte es geradezu darauf an, mir Angst zu machen. Man könnte glauben, er wolle den Eindruck erwecken, er habe etwas mit dem Unfalltod seiner Geliebten zu tun. Was sollte man davon halten? Und was machte er im Museum ausgerechnet an dieser Stelle? Vielleicht wollte er sich ja tatsächlich nur den Unglücksort ansehen. Ich erinnerte mich daran, dass Till Backhaus ebenfalls das Bedürfnis hatte, den Ort zu sehen, an dem Sonja gestorben war. Eigentlich ein nachvollziehbarer Akt der Trauerbewältigung, und doch war mir dieser Hefner nicht geheuer.

Ich war so in Gedanken, dass ich gar nicht bemerkte, dass ich direkt an unserem Chormitglied Benedikt vorbeilief. Er mühte sich mit seiner kugelrunden Frau den Berg hoch, beide atmeten schwer.

»Maja, kennst du deine Chorkollegen nicht mehr?«, fragte Benedikt.

»Ach, entschuldige, ich war gerade ganz woanders. Na, will das Baby immer noch nicht kommen?«, erkundigte ich mich bei Benedikts Frau.

»Bis jetzt hat es einfach keine Lust, dabei bin ich morgen schon zwei Wochen über dem Termin. Meine Frauenärztin hat gesagt, wir sollen viel bergauf gehen oder Treppen steigen, und da sind wir gerade dabei.«

»Hoffentlich wird es heute noch was, sonst muss die Geburt künstlich eingeleitet werden«, stöhnte Benedikt.

»Na, dann marschiert mal schön«, forderte ich die beiden auf, »es wird schon alles gut gehen.«

Benedikt nickte eifrig, er schien viel nervöser zu sein als seine Frau.

Ich machte ein paar Besorgungen in der Stadt und ging schließlich zum Haushaltswarengeschäft Grimm, um eine Mausefalle für den Weinkeller zu kaufen. Eines dieser Tierchen hatte mich gestern fürchterlich erschreckt, als ich gerade eine Kiste Bordeaux öffnete.

Als ich bezahlen wollte, stand ich unverhofft Verena Regler gegenüber, die an der Kasse arbeitete. Ich kannte die Frau von Wolfgang nur flüchtig, aber sie wusste natürlich, wer ich war.

»Hallo, Frau Kuckuck, eine Mausefalle«, blieb sie sachlich und kassierte ab.

Ein kurzer Blick nach hinten verriet mir, dass keine weiteren Kunden an der Kasse anstanden, also wurde ich ein wenig persönlicher.

»Ich finde es sehr schade, dass Wolfgang aus dem Chor ausgetreten ist.«

»Er sagt, er wurde hinausgemobbt.«

»Frau Regler, es ist doch kein Wunder, dass die Nerven im Moment bei vielen Leuten im Chor blank liegen. Da rutscht dem ein oder anderen Chormitglied schon mal ein Wort heraus, das gar nicht so gemeint war.«

Nach kurzer Überlegung entschied sich Verena Regler, Tacheles zu reden.

»Frau Scheffel glaubt, dass Wolfgang Magnus Hofstaller erwürgt hat.«

Ach, Ruth hatte bereits ihre eigene Theorie unter die Leute gebracht. Wenn das ihr Mann wüsste!

»Sehen Sie, Frau Regler, und genau deswegen hätte Wolfgang nicht aus dem Chor austreten dürfen. Jetzt sieht es doch erst recht so aus, als ob er etwas zu verbergen hätte!«

Frau Regler hörte mir aufmerksam zu, dann meinte sie: »Sie haben nicht ganz unrecht, Frau Kuckuck. Ich werde Wolfgang erzählen, was Sie gesagt haben.«

Ich verabschiedete mich und ging nach draußen. Das hast du gut gemacht, Maja, lobte ich mich selbst. Nur wenn Wolfgang wieder in den Chor ging, hatte ich die Chance, weitere Details über seinen Streit mit Magnus aus ihm herauszukitzeln.

16

Am nächsten Morgen rief mich meine Tochter an.

»Mama, ich habe gute Nachrichten, du kannst jetzt doch zur Fernsehshow gehen, Maria darf eine Begleitperson mitnehmen.«

»Eine Begleitperson? Aber die muss doch bestimmt im Publikum sitzen!«

»Zwar schon, aber du würdest zumindest vorgestellt werden.«

Hm, war das eine Reise nach Italien wert? Was würde der Kommissar denken, wenn er davon erführe? So eine Reise konnte ich nicht geheim halten, und es wäre natürlich erklärungsbedürftig, wenn ich im Juli einen Kurztrip nach Italien antreten würde. Halb Freising wusste, dass die Weinstube jedes Jahr im August zwei Wochen lang geschlossen war, weil ich in dieser Zeit nach Verona fuhr und den Besuch bei meiner Tochter mit möglichst vielen Opernbesuchen in der Arena verband.

»Ich glaube, der ganze Aufwand lohnt sich nicht, nur um vorgestellt zu werden.«

»Das musst du wissen, Mama, der Fernsehtermin ist am Samstagabend, du kannst es dir ja noch überlegen.«

»Das passt sowieso nicht, ich habe mich für Samstag bei einem Volkshochschulkurs angemeldet.«

Dann erzählte ich meiner entsetzten Tochter von Brigittes tragischem Treppensturz, worauf sie mir zum x-ten Mal ins Gewissen redete, ich solle mein Schuhwerk endlich meinem Alter anpassen.

Um Punkt acht Uhr sperrte ich die Weinstube auf, drei Chormitglieder standen bereits vor der Tür. Jeder hielt ein kleines Geschenkpäckchen in der Hand.

»Hab ich meinen Geburtstag verpennt?«, fragte ich verwundert.

»Nein, das ist für den kleinen Benedikt«, erklärte Thea. »Der große Benedikt hat heute Nachmittag ganz stolz herumtelefoniert und die Geburt seines ersten Sohnes verkündet. Er hat gesagt, dass er heute Abend eine große Runde in der Weinstube ausgeben wird für alle, die mit ihm feiern wollen.«

»Das ist ja wunderbar, dann sind Mutter und Kind also wohlauf!« Ich freute mich ebenfalls.

Immer mehr Chormitglieder trudelten ein, Andreas und ich stellten mehrere Tische zusammen.

»Hallo, Maja!«, grüßte eine tiefe Stimme hinter mir. Es war Wolfgang! »Du hattest recht, mein Choraustritt war völlig überstürzt. Wegen einer kleinen Meinungsverschiedenheit schmeißt man nicht gleich alles hin.«

»Schön, dass du es auch so siehst!« Mein Vortrag bei Verena Regler hatte also gewirkt.

Endlich erschien der frischgebackene Vater, seine Augen waren müde und klein, aber er strahlte über das ganze Gesicht.

Ich gratulierte herzlich und überreichte ihm eine Flasche Champagner, dann machte ich mich mit meinen Angestellten an die Arbeit. Es waren etwa dreißig Personen aus dem Chor anwesend, Hans war nicht dabei. Ehrlich gesagt war ich froh darüber, es wäre ziemlich unpassend gewesen, wenn es bei dieser Feier zwischen ihm und Wolfgang erneut zum Eklat gekommen wäre.

Die Weinstube war an diesem Abend auch sonst gut besucht, fast alle Tische waren besetzt.

»Da hinten in der Ecke sitzt ein Gast, der nur von dir bedient werden möchte, Maja«, rief Andreas.

Till winkte mir lächelnd zu.

»Hallo, Till, du musst doch nicht allein hier sitzen, es sind viele Leute vom Chor da!«

»Hab ich schon gesehen, Maja, aber die sind alle in Feierlaune, danach ist mir nicht.«

»Natürlich nicht«, entschuldigte ich mich, das war ziemlich unsensibel von mir.

»Ich wollte einfach ein bisschen unter Leuten sein, in Sonjas Haus fällt mir langsam die Decke auf den Kopf.«

Schnell ging ich zum Tresen und goss uns zwei Gläser Lugana ein, dann setzte ich mich zu ihm.

»Was sagst du zum Tod von Brigitte Hofstaller? Ich dachte, ich sehe nicht richtig, als ich die Zeitung aufschlug«, meinte Till aufgeregt.

»Willst du wissen, was ich denke? Sie könnte genauso gut gestoßen worden sein, es gibt keine Zeugen für den Sturz. Ich war gestern extra im Museum und habe mich erkundigt. Gewisse Parallelen zwischen Brigittes und Sonjas Tod sind nicht von der Hand zu weisen, in beiden Fällen könnte es sich um einen als Unglücksfall getarnten Mord handeln.«

Till war meiner Meinung, wandte aber ein: »Brigittes Tod schließt aber nicht aus, dass sie sich mit Sonja in Hohenbachern treffen wollte, zu diesem Zeitpunkt war sie noch am Leben.«

»Das ist allerdings wahr«, überlegte ich laut.

»Maja«, fragte Till unsicher, »darf ich mit dir über etwas ganz anderes sprechen?«

»Natürlich, über alles!«

»Ich weiß, dass Doris Winter deine Freundin ist, aber ich habe gewisse Probleme mit ihrer, ähm, Anhänglichkeit.«

Obwohl ich versuchte, mich zusammenzureißen, brach ich in schallendes Gelächter aus.

»Warum lachst du so?«, fragte Till irritiert. »Sie ist hinter mir her wie der Teufel hinter der armen Seele, ich weiß nicht mehr, was ich machen soll! Dauernd lungert sie vor der Scheune herum, um mich abzupassen, und vorhin stand sie mit einer Flasche Sekt an meiner Tür und meinte, wir sollten es uns doch ein bisschen gemütlich machen, damit ich auf andere Gedanken käme. Maja, es ist gerade eine Woche her, da haben Sonja und ich hier mit dir über unsere Hochzeit gesprochen. Was denkt sich die Frau eigentlich?«

»Das weiß niemand so genau, Till.« Ich lachte immer noch und suhlte mich ausgiebig in Schadenfreude.

»Diese Frau schätzt sich völlig falsch ein. Selbst wenn ich nicht gerade in Trauer wäre ...«

Ha, das ging runter wie Öl, und für diese erotische Wahnvorstellung hatte Doris doch glatt unsere Freundschaft aufs Spiel gesetzt! »Du brauchst nicht weiterzusprechen, Till, du hast mein vollstes Verständnis!«

»Was soll ich denn jetzt machen?«, fragte Till hilflos.

»Wir lassen sie noch ein bisschen zappeln, und am Samstag nach dem Gipskurs sagst du ihr dann, dass ihre Avancen eine ästhetische Beleidigung für deinen guten Geschmack sind, dabei werde ich dir selbstverständlich zur Seite stehen!«

Meine Stimmung war angesichts Doris' Niederlage in den obersten Bereich der Richterskala geschossen, als wir Gesellschaft bekamen.

»Hallo, Herr Backhaus!«, grüßte Lilli. »Ich habe Sie vom Chortisch aus schon eine Weile gesehen und dachte, ich setze mich kurz dazu.«

Das war eine nette Geste von Lilli. Wir plauderten ein wenig über die bevorstehenden Ferien und über Urlaubspläne. Beim Stichwort Italien konnte ich es mir schließlich doch nicht verkneifen und erzählte den beiden von meinem ungeplanten Fernsehauftritt in Hauspantoffeln und der Einladung zur Fernsehshow. Die Geschichte erheiterte selbst Till, es war schön, ihn endlich wieder lächeln zu sehen.

Der Laden brummte, ich konnte nicht ewig sitzen bleiben, also machte ich mich wieder an die Arbeit. Till würde bestimmt noch ein Weilchen von Lilli unterhalten werden.

Schorsch zapfte gerade mehrere Pils. »Deine Chorkollegen schlucken ganz schön was weg«, bemerkte er trocken.

»Eine gute Stimme will geölt werden«, klärte ich ihn auf.

Während ich ein Glas Wein füllte, trat jemand zu uns an den Tresen. Als ich hochsah, traf mich fast der Schlag: Korbinian Hefner stand Schorsch gegenüber, er überragte ihn um mindestens dreißig Zentimeter.

Demonstrativ stellte ich mich neben meinen Angestellten.

»Sag meiner Chefin, sie soll sich endlich in ihrem Geschäft blicken lassen. Wenn sie die Buchhaltung nicht selbst machen will, muss sie jemanden einstellen!«

Schorsch machte keinen Mucks, ich spürte, dass er ebenfalls Angst vor dem Muskelprotz hatte.

Korbinian Hefner wartete ein paar Sekunden, als er jedoch keine Antwort bekam, drehte er sich um und ging zum Ausgang. Auf dem Weg dorthin überlegte er es sich aber offenbar anders und stapfte in Richtung Treppe, die zu den Toiletten hinunterführte.

»Na Maja, was meinst du, ein sehr sympathischer Zeitgenosse, was?« Schorsch stand der Schreck ins Gesicht geschrieben, trotzdem mühte er sich um einen normalen Ton.

»Das kann man wohl sagen.«

Auch Till und Lilli hatten Korbinian Hefners Auftritt staunend verfolgt, ich ging zu ihnen zurück.

»Das war der Hefner, Brigittes Geliebter«, unterrichtete ich die beiden.

»Also dem würde ich alles zutrauen«, sagte Lilli fast ehrfürchtig. »Für diesen Riesen wäre es sicher ein leichtes gewesen, Magnus zu erwürgen.«

»Aber er war nicht mit dem Chor unterwegs, als Magnus erwürgt wurde!«, gab Till zu bedenken.

Plötzlich fiel es mir wie Schuppen von den Augen! Warum war ich erst jetzt drauf gekommen?

»Und doch kann er im Bus gewesen sein! Die Toilette im Bus war doch von Bamberg bis Greding besetzt, er könnte sich die ganze Zeit darin versteckt haben!«

»Mensch, Maja, das ist es!« Lilli schlug mit der Faust auf

den Tisch. »Brigitte hat ihn in Bamberg eingeschleust, als die Luft rein war, dann hat er Magnus während der Fahrt erwürgt und sich anschließend wieder im Klo verschanzt. Und als der Bus in Greding gehalten hat, konnte er sich bei Dunkelheit hinausschleichen!«

Till nickte. »So könnte es gewesen sein!«

»Aber weswegen hätte er Brigitte die Treppen hinunterstoßen sollen, wenn er kurz zuvor aus Liebe zu ihr einen Mord begangen hat?«, fragte ich in unsere kleine Detektivrunde.

»Vielleicht war es doch ein Unfall«, sagte Lilli leise und ohne Till oder mich anzusehen. Das Gleiche konnte natürlich auch für Sonja gelten, gestand ich mir ein. Womöglich hatte Doris doch recht gehabt, und wir hatten uns aus Trauer in eine fixe Idee verrannt.

»Maja«, rief Andreas, »wir brauchen einen 2004er Paroisse, aber ich kann ihn nicht finden. Wo hast du den hingestellt?«

»Ich geh schon«, antwortete ich und stieg die Treppen hinunter zum Weinkeller. Zwei neue Lieferungen mussten ausgeräumt werden, da war der Paroisse bestimmt dabei. Als ich an den Toiletten vorbeiging, überkam mich ein mulmiges Gefühl. War Korbinian Hefner in der Zwischenzeit gegangen? Hätte ich oben doch bloß aufgepasst!

17

Andreas hatte den Schlüssel zum Weinkeller stecken lassen, ich zog die schwere Eisentür auf und ging hinein. Auch das Licht brannte noch. Normalerweise erteilte ich meinen Angestellten einen kleinen Rüffel, wenn sie vergessen hatten, es abzuschalten, aber bei Andreas drückte ich meistens ein Auge zu. Ich wusste sehr gut, dass ich so einen weinkundigen, fleißigen und absolut zuverlässigen Mitarbeiter nie wieder bekommen würde.

Die Flaschen in den Regalen und Spezialkühlschränken waren peinlich genau nach Ländern, Jahrgängen und Weingütern geordnet, deshalb räumte ich die edlen Tropfen lieber selbst ein, als meine Angestellten damit zu beauftragen. Zu oft hatte mir in den letzten Jahren ein jobbender Student einen Wurm in mein System gebracht.

Ich ging am Regal mit den preiswerten, deutschen Weißweinen vorbei und sah vorsichtig um die Ecke, ob denn schon ein totes Mäuschen in der Falle steckte. Nichts, die Viecher sind schlauer, als man denkt. Also riss ich den ersten der beiden Weinkartons auf, die in der Ecke standen, und begutachtete die Etiketten. Jawohl, das war die Kiste mit dem Paroisse.

Da ging das Licht aus. So ein Mist, hatten wir etwa schon wieder Stromausfall? Erst vor zwei Wochen hatte ein heftiges Sommergewitter für mehrere Minuten die gesamte Elektrizität in Neustift lahmgelegt. In der Weinstube bekam man oft gar nicht mit, wenn sich draußen ein Unwetter zusammenbraute. Aber um Stromausfall konnte es sich diesmal nicht handeln, durch die schmale Kellerluke an der Straßenseite gelangte das spärliche Licht der Straßenlaternen herein. Wahrscheinlich hatte die Halogenleuchte im Keller gerade ihren Geist aufgegeben. Vorsichtig tastete ich mich zu dem Weißweinregal vor, das zwei Meter von mir entfernt sein musste. Wischte da nicht eben irgendetwas über den Boden? Natürlich, kaum war das Licht aus, fühlte sich die Maus sicher.

Zack! Mein Hals wurde mit solcher Wucht zusammengedrückt, dass ich vor meinem inneren Auge Sternchen sah, der Schmerz folgte einen Sekundenbruchteil später. Verzweifelt griff ich nach oben und versuchte, meinen Hals von der Kraft, die mir die Luft abdrückte, zu befreien. Sinnlos, meine Arme waren zu schwach. Panik und Todesangst dämpften jeden klaren Gedanken, die Atemnot raubte mir den Verstand. Mein Körper gab auf. Aus der Ferne hörte ich ein Klacken und ein Zischgeräusch, wie wenn man durch geschlossene Zähne Luft einsaugt. Ich stürzte ins Nichts, nahm nur noch einen dumpfen Schlag wahr.

»Maja? Maja …!«

Jemand schüttelte mich. Ich blinzelte, es war Andreas.

»Maja, was ist passiert? Warum liegst du hier im Dunkeln auf dem Boden?«

Benommen setzte ich mich auf, mein Hals schmerzte.

»Was ist mit deinem Hals, der ist ja ganz rot! Maja, was ist los!«

Es dauerte ein paar Sekunden, bis mein Gehirn realisierte, was mir soeben widerfahren war.

»Jemand hat versucht, mich zu erwürgen«, quetschte ich mit heiserer Stimme heraus.

»Waaas!!! Wir müssen sofort die Polizei rufen, brauchst du einen Arzt?«

Mein Hals fühlte sich gar nicht gut an, außerdem tat mein rechter Ellbogen weh, auf den ich wohl unglücklich gefallen war.

»Ich weiß nicht«, stammelte ich unsicher, dann erinnerte ich mich plötzlich genau: »Da war ein Klacken …«, ich konnte die Worte nur mit Mühe herausbringen, »… ich wurde ohnmächtig.«

Andreas stützte mich, sodass ich aufstehen konnte.

»Die Mausefalle!«, schoss es mir in den Kopf. Ich drehte mich zu der Stelle um, an der sie gelegen hatte, sie war weg. »Er ist in die Mausefalle getreten!«

Eine Mausefalle hatte mir das Leben gerettet, unglaublich!

Andreas führte mich an der Weinstube vorbei die Treppen zu meiner abgeschlossenen Wohnung hoch, dann verständigte er die Polizei.

Anschließend wollte er meinen Hausarzt rufen, aber ich lehnte ab.

Mein Hals erholte sich wieder, bis auf meine krächzende Stimme und den blauen Fleck am Ellbogen hatte ich keine weiteren Blessuren.

»Du musst runter in die Weinstube, Alois und Schorsch schaffen das nicht allein. Andreas, bitte sag niemandem, was passiert ist, hast du gehört! Ich will die Geschichte morgen selbst erzählen. Sag einfach, dass ich eine Kreislaufschwäche hatte und mich hingelegt habe.«

»Aber ich kann dich doch in dem Zustand nicht allein lassen!«, rief Andreas besorgt.

»Doch, doch, es geht schon wieder.«

»Wenn du es so willst«, meinte er und ging mit ernster Miene nach unten.

Auf dieses Schreckenserlebnis hin goss ich mir erst einmal einen Grappa ein, um meinen immer noch erhöhten Puls zu bremsen. Nach dem ersten Gläschen ging es mir bereits wesentlich besser, nach dem zweiten konnte ich wieder messerscharf denken. Jemand wollte mich erwürgen! Was heißt hier jemand, natürlich Korbinian Hefner! Er hatte versucht, mich auf die gleiche Weise um die Ecke zu bringen wie Magnus Hofstaller! Wahrscheinlich hatte er bereits im Weinkeller auf mich gewartet. Er hätte sich locker hinter einem Regal in der

Nähe des Lichtschalters verstecken können, ohne dass ich es bemerkt hätte. Oder er war genau zu der Zeit hereingekommen, als ich mit Mühe den gut verklebten Weinkarton aufgerissen hatte, da hätte ich die Tür ebenfalls nicht gehört. Seiner Meinung nach schnüffelte ich bestimmt zu viel herum und stellte dadurch eine Gefahr für ihn dar. Ob er jetzt eine Verletzung am Fuß hatte? Das wäre der Beweis! Andererseits hatte ich die Mausefalle zwar streng eingestellt, durch einen Lederschuh hindurch dürfte der Fuß des Angreifers jedoch von schlimmeren Quetschungen verschont geblieben worden sein.

Wo blieb denn nur der Kommissar? Auf die geniale Idee mit dem Busklo war er bestimmt noch nicht gekommen, er konnte ja nicht wissen, dass Brigitte mit dem Steinmetz ein Verhältnis gehabt hatte! Und jetzt hatte mich Korbinian Hefner auch noch in meinem eigenen Weinkeller überfallen. Da war die Sache doch völlig klar. Der Kommissar würde Augen machen, den Hefner hatte er mit Sicherheit nicht auf seiner Rechung gehabt!

Endlich klingelte es, ich öffnete die Haustür. Zwei Polizeibeamte, die ich noch nie zuvor gesehen hatte, stellten sich vor.

»Wo ist Kommissar Scheffel?«, fragte ich ungeduldig.

»Wir haben heute Nacht Dienst, Frau Kuckuck.«

»Aber ich wollte, dass Kommissar Scheffel kommt!«

»Ein Notruf ist kein Wunschkonzert, Frau Kuckuck, Sie müssen sich schon mit denjenigen von uns begnügen, die Dienst haben. Sind Sie nun überfallen worden oder nicht?«

Ich überlegte kurz. Diese zwei Polizeibeamten hatten doch überhaupt keine Ahnung von den komplexen Zusammenhängen in dem ganzen Fall. Die würden jetzt ein Protokoll mit mir aufnehmen und anschließend würde die Geschichte in irgendwelchen Aktenordnern verschwinden. Nein, so nicht!

»Vielen Dank für Ihre Mühe, meine Herren, aber ich werde die Sache morgen früh mit dem Kommissar meines Vertrauens besprechen, das verstehen Sie doch.«

Bevor einer der beiden etwas sagen konnte, schloss ich die Tür.

»Aber Frau Kuckuck ...«, rief der eine durch die Tür.

»Lass gut sein, der Sepp hat uns ja gewarnt, die ist eigen!«, hörte ich den zweiten sagen. Wie sollte man das verstehen?

Ich sperrte die Wohnungstür von innen zweimal ab, womöglich trieb sich Korbinian Hefner immer noch irgendwo im Haus herum.

Ob ich den Kommissar an seinem freien Abend zu Hause oder über Handy erreichen konnte? Ich wählte beide Nummern, landete aber jedes Mal beim Anrufbeantworter. Dann würde Kommissar Scheffel die Neuigkeiten eben erst morgen früh erfahren!

Um ruhig schlafen zu können, rief ich Andreas in der Weinstube an und bat ihn, dass er jeden Winkel der Weinstube, der Toiletten und des Weinkellers genauestens durchsuchen sollte, bevor er heute Nacht abschloss. Nach einem kleinen Gute-Nacht-Trunk fiel ich erschöpft ins Bett.

18

»Frau Kuckuck, was war das gestern für ein Spielchen, das Sie mit meinen Kollegen getrieben haben?«

Kommissar Scheffel hatte mich um halb acht aus dem Schlaf geklingelt, ich saß ihm im Morgenmantel in meiner Küche gegenüber. »Was soll das für ein Überfall gewesen sein, der dann hinterher nicht mehr so wichtig war?«

»Der Überfall war sogar sehr wichtig, Herr Kommissar, deswegen wollte ich auch nur mit Ihnen persönlich darüber sprechen.«

Ich berichtete Kommissar Scheffel der Reihe nach, was sich gestern Abend vom Erscheinen Korbinian Hefners an in der Weinstube und im Keller zugetragen hatte. Der Kommissar schaute wie ein Erstklässler bei einer Wurzelrechnung und bat mich schließlich, den Frotteekragen meines Morgenmantels zu öffnen. Da ich noch keine Gelegenheit gehabt hatte, am Morgen in den Spiegel zu schauen, erschrak ich selbst über Kommissar Scheffels Reaktion.

»Um Gottes willen, Frau Kuckuck, Ihr Hals ist ja voller Hämatome! Das war ein Mordversuch!«

»Schön, dass Sie es endlich begriffen haben, Herr Kommissar!«

»Aber warum haben Sie sich denn nicht meinen Kollegen anvertraut! Wir hätten doch sofort die Spurensicherung benachrichtigen müssen, außerdem hätten wir die Personalien der anwesenden Personen in der Weinstube gebraucht!«

»Warum sagen Sie das mir, ich bin nicht bei der Polizei!«

Kommissar Scheffel sprang wie eine Rakete vom Stuhl auf, sein Kopf wurde feuerrot. »Frau Kuckuck, Sie bringen mich um den Verstand! Jeder Mensch, der seine Sinne halbwegs beisammen hat, musste nach Ihrem gestrigen Verhalten doch annehmen, dass es sich bei diesem Überfall um eine Nichtigkeit handelte! Wie können Sie erwarten, dass man Sie ernst nimmt, wenn Sie meine Kollegen wieder wegschicken!«

Er kramte in seiner ausgebeulten Hosentasche nach dem Handy und wählte eine Nummer. »Ich brauche deinen Beistand, ich bin bei der Kuckuck.«

»Ihre Kollegen hätten doch gar nichts verstanden«, verteidigte ich meine Vorgehensweise. »Setzen Sie sich wieder hin, Herr Kommissar, weil ich Ihnen jetzt erklären werde, wie Korbinian Hefner Magnus Hofstaller erwürgt hat.«

Kommissar Scheffels Augen drohten aus dem Gesicht zu fallen.

»Bitte reden Sie erst weiter, wenn mein Kollege Herrmanns da ist. Und dann fangen Sie noch einmal ganz von vorne an.«

Ich kochte eine große Kanne Kaffee, Kommissar Scheffel sah mir grübelnd dabei zu. Endlich klingelte es, Kommissar Herrmanns kam die Treppen hochgehetzt.

Wir begaben uns ins Wohnzimmer, wo ich Kaffee und Kekse auf den Tisch stellte, dann schilderte ich erneut den gestrigen Überfall. Anschließend informierte ich die beiden Kommissare über das Liebesverhältnis zwischen Korbinian Hefner und Brigitte Hofstaller und über mein unheimliches Zusammentreffen mit Korbinian Hefner im Diözesanmuseum. Zu guter Letzt und nicht ganz ohne Stolz erklärte ich den Herrschaften abschließend den Tathergang im Chorbus.

Die beiden Kommissare sahen sich vielsagend an, Kommissar Scheffel schnaubte.

»Frau Kuckuck«, schimpfte Kommissar Herrmanns plötzlich los, »warum haben Sie uns das Wissen über diese Liebesaffäre bis jetzt vorenthalten? Und was hatten Sie im Diözesanmuseum zu suchen?«

Was war denn das für ein strenger Ton? Ich verstand gar nichts mehr. »Sie sollten mir dankbar sein, dass ich Ihnen die ganzen Zusammenhänge quasi auf dem Silbertablett serviere!«

»Frau Kuckuck!« Kommissar Scheffel konnte sich ebenfalls nicht mehr bremsen und polterte laut: »Wie oft habe ich Ihnen schon gesagt, dass Sie Informationen nicht zurückhalten dürfen, um damit Ihre eigenen Detektivspielchen zu treiben! Sie bringen sich und andere in Lebensgefahr und behindern die Aufklärungsarbeit der Polizei! Ich hätte gute Lust, Sie in Gewahrsam zu nehmen, bis der Fall geklärt ist!«

Das war also der Dank dafür, dass ich den Herren Kommissaren die Denkarbeit abgenommen hatte!

»Und ganz nebenbei, Frau Kuckuck, so blöd sind wir auch nicht, dass wir auf die Möglichkeit mit dem blinden Passagier in der Bustoilette nicht längst selbst gekommen wären! Sie glauben wohl, die Kripo bestünde nur aus Trotteln!«

Oh, oh, dieser Herrmanns konnte ja noch böser werden als Kommissar Scheffel!

Ich verschränkte bockig die Arme vor der Brust und starrte beleidigt in meine Kaffeetasse. Was sollte man darauf sagen?

»Ich möchte bis morgen früh eine Liste von Ihnen mit allen Personen, die Sie gestern Abend in der Weinstube gesehen haben! Und von Ihren Angestellten will ich dasselbe! Außerdem werde ich die Spurensicherung schicken, also halten Sie sich zur Verfügung!«, wetterte Kommissar Scheffel, dann stapften die Herren wütend zur Tür hinaus.

Wie man es macht, ist es verkehrt! Ich hätte gestern doch lieber die beiden anderen Polizeibeamten nehmen sollen, die hätten nicht gewagt, in diesem Ton mit mir zu sprechen!

Während des Frühstücks machte ich mir Gedanken, wie man Korbinian Hefner den Mord an Magnus und den Überfall im Weinkeller nachweisen konnte. Ob sich die Kommissare seine Füße ansehen würden? Und wenn er nun gar keine Blessuren davongetragen hatte? Natürlich würde er für den Abend, an dem Magnus erwürgt worden war, kein Alibi haben, aber konnte man jemanden verurteilen, nur weil er vielleicht angab, allein zu Hause gewesen zu sein? Wie war er eigentlich von der Raststätte Greding zurück nach Freising gekommen? Wahrscheinlich war er getrampt. Den Fahrer würde man bestimmt niemals finden, das war wie mit der berühmten Nadel im Heuhaufen. Ich musste auf der Hut sein, so viel stand fest. Korbinian Hefner hatte die Absicht, mich umzubringen, und solange er auf freiem Fuß war, könnte er es wieder versuchen.

Es klingelte, ich ließ den Trupp der Spurensicherung herein und führte die Herren in den Weinkeller. Einer der weiß gewandeten Männer fragte mich, ob der Täter Handschuhe getragen hatte, was ich allerdings nicht beantworten konnte. Obwohl ich bei meinem Überlebenskampf die Hände des Angreifers berührt haben musste, hatte ich keinerlei Erinnerung an deren Beschaffenheit.

Ich ging wieder hoch in meine Wohnung und suchte im Telefonbuch nach der Adresse von Korbinian Hefner. Der Gorilla wohnte im Prinzregentenpark, genau wie Doris. Vor gut fünfzehn Jahren waren in der ehemaligen Kaserne durch Umbau und Renovierung schöne Wohnungen mit teils gläsernen Fassaden und modernen Balkonkonstruktionen entstanden. Nach Besuchen bei Doris hatte ich mich oft darüber gewundert, wie offen einsichtig die ein oder andere hell erleuchtete Wohnung bei Dunkelheit war. Manchen Leuten schien es egal zu sein, dass jedermann in ihre Privatsphäre hineinspähen konnte, besonders bei den gläsernen Vorbauten wurde auf das Zuziehen der Jalousien gerne verzichtet.

Ich war bestimmt schon x-mal an der Wohnung von Korbinian Hefner vorbeigelaufen, überlegte ich. Natürlich! Auf einem kleinen Flecken Garten, der zu einer Erdgeschosswohnung gehörte, standen ein paar steinerne Skulpturen herum, die ich öfter bewundert hatte. Es handelte sich um eine außergewöhnliche Bank aus Stein und Stahl und um mehrere höchst originelle Tierfiguren. Kaum zu glauben, dass ein Mörder solches Geschick hatte! Wurde nicht im Nachruf des Freisinger Tagblatts daran erinnert, dass Magnus Hofstaller zahlreiche Preise für seine Objekte erhalten hatte? Wer weiß, welchen Anteil Korbinian Hefner an diesen Arbeiten hatte. Ob er ebenfalls ausgezeichnet wurde? Vielleicht hatte der Hefner Magnus gar nicht Brigitte zuliebe erwürgt, sondern weil es zwischen den beiden zu betriebsinternen Auseinandersetzungen gekommen war. Brigitte hätte von Hefners wahren Motiven natürlich nichts geahnt und geglaubt, der Hefner wolle Magnus nur aus Liebe zu ihr umbringen. Er könnte Brigitte als Komplizin benützt und seine einzige Mitwisserin anschließend aus Sicherheitsgründen die Treppe hinuntergestoßen haben. Und Sonja hatte er wahrscheinlich unter irgendeinem Vorwand nach Hohenbachern gelockt, weil er befürchten musste, dass ihr Brigitte vom Verhältnis mit ihm erzählt hatte. Diese Liebesbeziehung gab ein wunderbares Mordmotiv ab, und das konnte er logischerweise nicht gebrauchen. Da ich durch Zufall ebenfalls von dem Verhältnis erfahren hatte, stand ich nun als Nächste auf seiner Liste.

Je länger ich darüber nachdachte, desto klarer wurde mir der Zusammenhang zwischen den drei Todesfällen und dem Überfall im Weinkeller. Verdammt, warum konnte man mit diesem Scheffel nicht normal reden? Er war stets der Auffassung, dass er alles besser wusste, dabei verfügte ich über eine außergewöhnliche Kombinationsgabe und über großes kriminalistisches Talent!

Zu dumm, dass ich im Moment auch noch mit der Freisinger Kulturreferentin auf Kriegsfuß stand. Vielleicht wusste Doris etwas über die künstlerischen Fähigkeiten von Korbinian Hefner, meine Nase sagte mir jedenfalls, dass der Hund irgendwo in dieser Richtung begraben lag.

19

Nachdem ich in der Stadt einige Besorgungen erledigt hatte, marschierte ich auf dem Heimweg am Rathaus vorbei. Doris hatte sich seit unserem unguten Gespräch nicht gemeldet, was mich im Innersten doch kränkte. War ihr unsere Freundschaft nichts mehr wert? Vielleicht wartete sie darauf, dass ich den ersten Schritt tat, aber das sah ich überhaupt nicht ein. Sie hatte mich beleidigt, also musste sie sich zuerst entschuldigen!

Einer spontanen Eingebung zufolge drehte ich wieder um und ging ins Rathaus. Ich hatte eine Idee, wie ich doch an Informationen über das Verhältnis zwischen Magnus Hofstaller und Korbinian Hefner kommen konnte, und zwar ohne Doris' Hilfe.

Im ersten Stock klopfte ich an Zimmer 01, eine scharfe Stimme rief »Herein!«. Frau Fleischmann, die Sekretärin des Oberbürgermeisters, war ein harter Brocken, den man erst einmal überwinden musste, bevor man zum Stadtoberhaupt vorgelassen wurde.

»Sie wünschen?«, fragte sie über ihre Lesebrille hinweg.

Die Zwischentür zum Büro des Oberbürgermeisters war nur angelehnt.

»Mein Name ist Kuckuck, ich möchte gerne mit Oberbürgermeister Bergnagel sprechen.«

»Dafür brauchen Sie einen Termin.«

»Ist er denn nicht da?«

»Doch, aber Sie können hier nicht einfach so hereinplatzen, er hat zu arbeiten.«

Das war meine Chance.

»Ich möchte mit dem Oberbürgermeister über das Anzapfen sprechen«, sagte ich möglichst laut.

»Über was?«

»Wie Sie vielleicht wissen, bin ich die Wirtin der Weinstube Zum Kuckuck. Meine Gäste trinken allerdings auch viel Bier, deshalb wollte ich dem Oberbürgermeister vor dem Volksfestauftakt anbieten, dass er bei mir ein paar Probeschläge machen kann.«

»Frau Kuckuck!« Oberbürgermeister Bergnagel kam aus seinem Büro geschossen und reichte mir breit grinsend die Hand. »Was führt sie denn zu mir?«

»Vielleicht könnten wir das unter vier Augen besprechen«, schlug ich vor, Oberbürgermeister Bergnagel leitete mich durch sein eigenes Büro hindurch in ein wunderschönes, holzgetäfeltes Zimmer mit Blick auf den Marienplatz. Er bot mir einen Stuhl an dem langen Tisch an, der fast den ganzen Raum einnahm. Mein Gott, war das gemütlich! Und jetzt bitte ein schönes Weißwurstfrühstück mit Weißbier, dachte ich sofort, hier lässt es sich aushalten! Statt des Weißwurstfrühstückes stellte Frau Fleischmann beflissen Mineralwasser auf den Tisch, dann ließ sie uns allein.

Ich kam auf mein großzügiges Angebot zurück, dass der Oberbürgermeister seine Anzapftechnik bei mir verfeinern konnte, ich würde ihm zuliebe extra ein paar kleinere Holzfässer bestellen.

»Das ist wirklich sehr reizend von Ihnen, Frau Kuckuck, aber ich denke nicht, dass das nötig ist. Die Brauerei macht sich auch schon Sorgen und möchte mir dauernd ein paar Übungsschläge aufschwatzen, nur weil vor Jahren einmal ein bisschen was danebengegangen ist, aber solche Dinge muss man gelassen angehen, Frau Kuckuck!«

Der OB hatte die Ruhe weg, dabei war diese ungemein medienwirksame Amtshandlung bei seinen Kollegen landauf, landab gefürchtet. Erst im Mai hatte der Zweite Bürgermeister unserer kleinen Nachbarstadt Moosburg beim Anzapfen des vierzigsten Moosburger Frühlingsfestes mit großem Gespritz einen gewaltigen Biersee produziert, und sogar Münchens Oberbürgermeister Ude gab offen zu, dass er vor jedem Oktoberfest übte. Man sollte also meinen, dass auch OB Bergnagel für jede Gelegenheit dankbar sein müsste, bei der er unter Ausschluss der Öffentlichkeit den Schlegel schwingen und den Wechsel ins Fass treiben durfte, schließlich ging es nicht nur um die Verhinderung eines Massenbades. Das Interesse des Volkes galt seit jeher der Anzahl der Schläge, die ein Bürgermeister zum Anzapfen brauchte, aber unser OB Bergnagel schien großes Vertrauen in seine Tagesform zu haben. Was soll's, mein Vorschlag hatte seinen Zweck erfüllt, ich saß mit dem OB beim gemütlichen Plausch zusammen.

Bergnagel wechselte von sich aus das Thema. »Eine fürchterliche Sache ist das mit dem Mord in Ihrem Chor. Noch dazu an einem Aushängeschild der Stadt Freising!«

»Ich wusste gar nicht, dass Magnus Hofstaller so berühmt war.«

»Das wussten offenbar viele nicht. Magnus Hofstaller hat nicht nur Grabsteine hergestellt, seine Skulpturen wurden auf Ausstellungen in ganz Europa gezeigt. Aber so ist das mit dem Propheten im eigenen Land, bekannte Persönlichkeiten von auswärts werden immer höher bewertet als der Künstler nebenan.«

»Er musste gute Mitarbeiter haben.« Ich versuchte, das Thema auf Korbinian Hefner zu lenken.

»Gute Mitarbeiter brauchen wir alle. Dabei hatte es auch Herr Hofstaller nicht leicht. Er hatte immer wieder Probleme mit weniger erfolgreichen Kollegen, die ihn beschuldigten, er habe ihre Ideen oder Entwürfe kopiert. So ist das, wenn man Erfolg hat, da schießen die Neider und Missgünstler aus ihren Löchern.«

»Wer waren denn die weniger erfolgreichen Kollegen?« Jetzt wurde es interessant.

»Ach, an Namen kann ich mich nicht erinnern, aber die kennen Sie bestimmt nicht, Frau Kuckuck. Jedenfalls wollen wir hoffen, dass Kommissar Scheffel Herrn Hofstallers Mörder bald dingfest macht, die Stimmung in Ihrem Chor muss nach so einem schrecklichen Ereignis fürchterlich sein.«

»Alle sind sehr angespannt«, bestätigte ich.

»Und dann noch die beiden tragischen Unglücksfälle.«

Jetzt war es OB Bergnagel, der versuchte, aus mir eine Stellungnahme herauszuquetschen. Konnte ich mit ihm offen über meine Gedanken sprechen? Lieber nicht, womöglich würde er meine Thesen als seine eigene Denkleistung verkaufen.

Frau Fleischmann steckte den Kopf in die Tür.

»Es ist gleich zwölf Uhr, Sie haben einen Termin zum Essen.«

Der Oberbürgermeister stand auf und reichte mir die Hand.

»Also nochmals vielen Dank für ihr Angebot, das Engagement der Bürger ist manchmal wirklich überraschend!«

Zufrieden verabschiedete ich mich und stöckelte die breite Treppe hinunter.

Mein Riecher im Mordfall Hofstaller war also gar nicht so falsch, Magnus hatte berufliche Streitereien mit anderen Bildhauern. Was lag näher als der Verdacht, dass Korbinian Hefner eine Scheibe vom Erfolg seines Chefs abhaben wollte. Aber angenommen, es wäre so gewesen, warum war der Hefner dann trotzdem Magnus' Wunschkandidat als Schwiegersohn und als Nachfolger im Betrieb? Womöglich hatte der Hefner Magnus mit dem Wissen erpresst, dass einige seiner prämierten Objekte tatsächlich nicht in dessen Kopf entstanden waren.

Ich fühlte mich plötzlich bei helllichtem Tag mitten im heiteren Einkaufsgetümmel unwohl. Dieser Hefner war ein gerissenes Monster, und bis jetzt konnte man ihm absolut gar nichts nachweisen. Bestimmt tüftelte er gerade an einem perfekten Plan, wie er mich ebenfalls gefahrlos aus dem Weg räumen konnte.

Als ich in die General-von-Nagel-Straße einbog, sah ich eine sehr attraktive, blonde Frau mit großer Sonnenbrille allein an einem Tisch vor der Eisdiele sitzen. Trotz Sonnenbrille hatte ich Denise Hofstaller sofort erkannt, sie saß vor einer Latte macchiato und verzog keine Miene, dabei hatte ich sehr wohl das Gefühl, dass sie in meine Richtung schaute. Die junge Dame weckte wie schon bei ihrem Besuch in der Weinstube mein Interesse, also ging ich schnurstracks auf sie zu und fragte, ob ich ihr Gesellschaft leisten dürfe.

»Ach Frau Kuckuck«, stammelte Denise, als ob ihr meine Anwesenheit unangenehm wäre, »wenn Sie möchten!«

Ich setzte mich ihr gegenüber und orderte beim italienischen Kellner ein Weißbier.

»Schöner Tag heute!« Etwas Dämlicheres fiel mir gerade nicht ein.

»Finden Sie?« Denise rührte mit einem langen Löffel im Schaum des meiner Meinung nach entsetzlich schmeckenden Modegetränks. Ich hatte noch nie einen Italiener gesehen, der sich dieses lauwarme Gesöff einverleibte.

»Ich komme gerade vom Notar, man hat mich über Brigittes letzten Willen informiert.«

Aha, sie suchte also doch jemanden zum Reden!

»Und dieser letzte Wille hat Sie nicht gerade erfreut, wenn ich Ihre Miene richtig deute«, ging ich auf sie ein.

»Das kann man so sagen.« Sie widmete sich wieder dem Gerühre in ihrem Kaffee. »Es ist immerhin mein Elternhaus, ich bin dort aufgewachsen.«

»Hat Brigitte das Haus etwa an Korbinian Hefner weitervererbt?«, riet ich ins Blaue hinein.

Denise setzte ihre Sonnenbrille ab und sah mich erstaunt an.

»Woher wissen Sie das?«

»Ich habe es nur vermutet. Die beiden hatten ein Verhältnis miteinander.«

Denise öffnete den Mund, um etwas zu sagen, überlegte es

sich jedoch sofort wieder anders. Es war schwer zu erkennen, ob sie von dem Verhältnis gewusst hatte oder nicht.

»Wo ist eigentlich Ihre Mutter?«, fragte ich neugierig. »Stimmt es, dass sie ausgewandert ist?«

»Sie lebt auf Ibiza, sie hat dort ein kleines Strandcafé. Meine Mutter ist viel lockerer als mein Vater, sie genießt das Leben. Bei uns zu Hause gab es früher immer Streitereien des Geldes wegen, mein Vater war der Meinung, meine Mutter werfe das Geld zum Fenster raus, das er mühsam verdient hatte. Als ich sechzehn war, hatte meine Mutter die Nase voll und hat ihn sitzen lassen. Natürlich hoffte sie, dass ich nach Ibiza mitkommen würde, aber ich wollte mein Abitur machen und in Deutschland studieren. Sie hat das schließlich eingesehen. Dafür verbringe ich die Ferien immer bei ihr, und manchmal besucht sie mich auch für ein paar Tage.«

»Bei uns ist es genau umgekehrt, meine Tochter lebt in Italien«, trug ich zum Thema bei.

Ich zischte die Hälfte meines Weißbieres hinunter, ah, das war wenigstens ein anständiges Getränk!

»Seit wann arbeitet denn Korbinian Hefner im Betrieb Ihres Vaters?«

»Seit acht Jahren. Ich hatte schon immer Angst vor ihm.«

»Und trotzdem war es der Wunsch Ihres Vaters, ihn zu heiraten?«, fragte ich verwundert.

»Sie wissen ziemlich gut Bescheid über unsere Familieninterna. Schorsch erzählt offenbar mehr, als mir lieb ist.«

Hatte ich mich mit dieser Frage zu weit aus dem Fenster gelehnt?

»Der Hefner ist ein begabter Steinmetz und Bildhauer, deswegen hoffte mein Vater, dass der Hefner eines Tages den Betrieb in seinem Sinne weiterführen würde.« Mehr war sie nicht bereit, über die leidige Angelegenheit preiszugeben.

»Darf ich mich zu euch setzen?«, rief eine bekannte Stimme hinter mir. Es war Alois!

»Alois, so ein Zufall, dass du auch gerade hier vorbeikommst. Ich habe Denise vorhin allein hier sitzen sehen und mich kurz dazugesetzt. Wo ist eigentlich Schorsch?«, fragte ich seine Freundin.

»In der Vorlesung«, meinte Denise gelangweilt und setzte ihre Sonnenbrille wieder auf.

»Aber ich dachte, ihr beide seid im gleichen Semester?«

»Ich schwänze heute«, sagte sie selbstbewusst und lehnte sich in ihren Stuhl zurück, dann drehte sie demonstrativ das Gesicht zur Sonne, um sich zu bräunen.

»Hast du's im Hals, Maja?«, fragte Alois mit einem Blick auf den dünnen Seidenschal, mit dem ich meine Würgemale verdeckte.

»Nein, das trägt man jetzt so«, antwortete ich schlagfertig.

Um Denises Mundwinkel zuckte ein leichtes Lächeln.

Ich zahlte mein Weißbier und ließ die Jugend allein. Alois strahlte übers ganze Gesicht, nur weil er am Tisch dieser Kleinstadtschönheit seinen Cappuccino trinken durfte. Hoffentlich würden sich er und Schorsch nicht irgendwann wegen Denise in die Haare kriegen, das wäre fürs Arbeitsklima nicht besonders förderlich.

Als ich meinen Anrufbeantworter abhören wollte, sah ich, dass vier Nachrichten gespeichert waren.

»Geht's dir wieder besser, Maja? Seit wann hast du Kreislaufprobleme? Ruf mich doch an, wenn du zu Hause bist!«

Nach Lilli machten sich noch Ullrich, Thea und ein Stammgast Sorgen um meine Gesundheit.

Das war in der Tat ein merkwürdiger Abgang, den ich gestern Abend geliefert hatte. So etwas ist noch nie vorgekommen, dass ich mich ohne Verabschiedung in meine Wohnung zurückgezogen habe.

Ich wählte Lillis Nummer, aber niemand hob ab, also setzte ich mich an den PC und erledigte wie immer am Ruhetag der Weinstube die Buchhaltung.

Gegen sieben Uhr meldete sich Lilli.

»Maja, hast du die Windpocken?«, sprudelte es aufgeregt aus ihr heraus.

»Die Windpocken? Nein, die hatte ich schon als Kind. Wie kommst du denn darauf?«

»Mein Kleiner hat die Windpocken, wir waren heute Nachmittag beim Arzt. Ich hatte schon Angst, dass er dich angesteckt haben könnte, du warst doch erst bei uns!«

»Sei unbesorgt, mir geht's wieder gut, und ich hatte im Übrigen auch keine Kreislaufschwäche. Jemand wollte mich erwürgen.«

»Waaas? Komm rüber zu uns, das will ich genau wissen, außerdem hat Robert Lasagne für eine ganze Fußballmannschaft gekocht!«

Mein Magen knurrte, da ließ ich mich nicht zweimal bitten.

Draußen in der schwülheißen Luft bildeten sich Gewitterwolken. Das war wieder ein typisch deutscher Sommer, kaum war es heiß, braute sich abends ein Unwetter zusammen.

»Wurdest du tatsächlich gewürgt?«, begrüßte mich Robert in der Tür.

Als Antwort liftete ich meinen Seidenschal, Robert sog erschrocken Luft ein.

Wir setzten uns an den gedeckten Tisch auf der Terrasse, ich erzählte Lilli und Robert, was sich zugetragen hatte.

»Und da lassen die diesen Hefner noch frei herumlaufen?«, empörte sich Lilli. »Das bedeutet eine Gefährdung der ganzen Bevölkerung!«

»So einfach kannst du niemanden einbuchten, Lilli, ein Staatsanwalt will Beweise sehen, bevor er seine Zustimmung gibt!« Robert blieb sachlich.

»Vielleicht haben die von der Spurensicherung heute etwas Brauchbares gefunden«, hoffte ich laut, »die waren immerhin mehrere Stunden im Weinkeller und in der Weinstube zugange.«

Die Kinder setzten sich an den Tisch, wir wechselten das Thema und ließen uns die ausgezeichnete Lasagne schmecken.

»Morgen ist übrigens Sonjas Beerdigung in Augsburg, ich habe heute Nachmittag Till Backhaus getroffen, er hat es mir gesagt«, bemerkte Lilli beiläufig.

»Meinst du, wir sollten hinfahren?«, fragte ich unsicher.

»Nein, Sonjas Schwester möchte, dass alles im engsten Kreis stattfindet. Der Backhaus sah schlecht aus, er meinte, dass er froh sei, wenn er die Beerdigung endlich hinter sich habe. Das sei ein wichtiger Schritt, um wieder nach vorne schauen zu können.«

»Verständlich«, pflichtete ich bei.

»Ich habe heute Mittag auch jemanden getroffen, nämlich Schorsch!«, fing Robert an. »Ich war in Weihenstephan und habe einen Termin für eine Brauereibesichtigung mit meiner Klasse vereinbart, da ist er mir zufällig über den Weg gelaufen. Ich habe ihn auf ein Weißbier im Biergarten eingeladen, es war sehr nett.«

»Aha, und was hat er so erzählt?«, fragte ich neugierig.

»Wir haben ganz offen geredet, schließlich bin ich ja nicht mehr sein Lehrer.«

»Jetzt sag endlich, über was habt ihr gesprochen!« Lilli wurde ungeduldig.

»Über seine finanzielle Lage. Natürlich wollte ich wissen, ob er inzwischen Nachhilfeschüler in Mathematik gefunden hatte, daraufhin verriet er mir, dass das nicht mehr nötig sei. Er habe dem Vater seiner Freundin eine Menge Geld geschuldet, aber mit dessen Tod wäre er die Schulden auf einen Schlag losgeworden.«

»Der Magnus soll dem Schorsch Geld geliehen haben? Das kann ich mir gar nicht vorstellen!«, warf ich skeptisch ein.

»Nein, nein, so war es auch nicht. Der Hofstaller hat vor zwei Monaten herausgefunden, dass Schorsch seit über einem Jahr bei seiner Tochter in der Wohnung lebt. Er hat von

Schorsch rückwirkend Miete gefordert, das muss man sich einmal vorstellen!«

»Das sieht ihm ähnlich!«, rief Lilli. »Dieser Geizkragen bekam den Hals nicht voll! Und jetzt ist er tot und hat überhaupt nichts mehr von seiner Knauserigkeit und von seinem angesparten Vermögen!«

Schorsch tat mir leid, er muss fürchterlich unter Druck gestanden haben. Das war wohl auch die Erklärung, warum das Verhältnis zwischen ihm und Magnus derart problematisch war.

Es fing an zu donnern, die Luft roch bereits nach Regen. Wir gingen ins Wohnzimmer und tranken noch ein Fläschchen Wein, dann marschierte ich mit einem ausgeliehenen Schirm im Prasselregen nach Hause. Es war zehn Uhr, außer mir schien kein Mensch bei diesem Wetter unterwegs zu sein. Was wäre, wenn mir der Hefner irgendwo auflauerte? Ich hätte doch Roberts Angebot annehmen sollen, mich nach Hause zu begleiten, aber bei den paar Metern kam ich mir einfach lächerlich vor. Heilfroh erreichte ich mein Haus und brachte mich in Sicherheit.

20

Am nächsten Morgen hatte sich der Himmel wieder aufgeklärt, durch die hohe Luftfeuchtigkeit musste man sich allerdings auf einen sehr schwülen Tag einstellen.

Heute würde Sonjas Beerdigung stattfinden, eigentlich war ich ziemlich froh, dass ich nicht dabei sein musste. Wie es dem armen Till im Moment wohl ging?

Ich wählte Sonjas Nummer und wartete.

»Ja bitte?«, meldete sich Till mit schwacher Stimme.

»Hallo, Till, hier ist Maja, habe ich dich aufgeweckt?«

»Maja!« Seine Stimme hellte sich auf. »Nein, ich bin schon seit sechs Uhr wach, heute ist Sonjas Beerdigung.«

»Ich weiß, ich wollte dir auch nur versichern, dass Lilli und ich an diesem schweren Tag in Gedanken bei dir sind.«

»Das ist sehr nett, Maja, aber da muss ich allein durch, meine Gefühle kann mir niemand abnehmen. Ich schwanke heute mehr denn je zwischen Trauer und Wut, und wenn ich daran denke, dass der Pfarrer bestimmt von einem tragischen Unglücksfall sprechen wird, schießt mir das Blut in die Adern.«

»Till, du musst dich zusammenreißen, denk an Sonjas Schwester, der heutige Tag ist auch so schon schlimm genug für sie. Aber wir werden nicht aufgeben, das verspreche ich dir! Ich bin nach wie vor davon überzeugt, dass Sonja in mörderischer Absicht nach Hohenbachern gelockt wurde, und ich sage dir, die Lage spitzt sich zu. Der Täter wird bald einen Fehler machen, da bin ich mir sicher!«

»Was meinst du damit, dass sich die Lage zuspitzt?«, fragte Till aufgeschreckt.

»Ich weiß nicht, ob ich dir ausgerechnet vor Sonjas Beerdigung erzählen soll, was vorgestern Abend passiert ist, das belastet dich bloß noch mehr.«

»Also Maja, nach dieser Andeutung mache ich mir sowieso schon Gedanken, jetzt kannst du mir auch gleich sagen, was los ist!«

Das war ziemlich ungeschickt von mir, musste ich eingestehen.

»Eigentlich wollte ich es dir erst morgen erzählen, aber jetzt hab ich mich eh schon verplappert. Stell dir vor, jemand hat vorgestern Abend versucht, mich im Weinkeller zu erwürgen.«

Till brachte kein Wort mehr hervor, ich berichtete ihm der Reihe nach, was sich zugetragen hatte.

»Aber Maja, das ist ja entsetzlich! Ich mache mir große Vorwürfe, dass ich nicht darauf geachtet habe, ob der Hefner wieder nach oben gekommen ist! Wir haben uns so intensiv über den Mord an Magnus unterhalten, dass ich einfach keinen Gedanken daran verschwendet habe! Mein Gott, wenn es ihm gelungen wäre und du auch ...«

»Jetzt beruhige dich wieder«, unterbrach ich ihn, »ich lebe ja noch. Siehst du, genau das wollte ich vermeiden, dass du dir jetzt Vorwürfe machst. Es ist mein Lokal, ich hätte aufpassen müssen, wer zur Toilette geht und nicht mehr auftaucht!«

»Dabei habe ich mir noch Sorgen um dich gemacht, als du so lange nicht zurückgekommen bist. Dein Angestellter meinte, wenn du irgendwelche Weinkisten ausräumst, könne das dauern, also habe ich mich irgendwann verabschiedet.«

Ich wollte Tills schlechtes Gewissen nicht weiter schüren, also berichtete ich, was ich sonst noch Neues wusste.

»Weißt du, was ich gestern erfahren habe? Brigitte Hofstaller hat das Haus, in dem auch die Werkstatt untergebracht ist, an den Hefner vererbt. Was sagst du dazu?«

Till schwieg, dann fragte er: »Und was würde passieren, wenn Denise Hofstaller auch noch umkäme? An wen würde dann das restliche Vermögen gehen?«

»Ich habe keine Ahnung, aber sie wird es bestimmt nicht

dem Hefner vererben!«, war ich mir sicher. »Hast du eigentlich schon eine neue Wohnung gefunden?«

»Nein, nichts was mir wirklich zusagt, aber ich habe beschlossen, nächste Woche in eine Übergangswohnung zu ziehen. Es ist zwar nur ein ziemlich dunkles Einzimmerapartment, aber ich muss raus hier. Sonjas Haus erdrückt mich, jede Sekunde denke ich, sie müsste gleich zur Tür hereinkommen. Sie ist allgegenwärtig, ich kann ihren Tod hier drinnen einfach nicht akzeptieren.«

»Das verstehe ich gut, ich glaube, ich würde es genauso machen. Was gibt es Neues an der Doris-Front?«

Till stöhnte. »Es vergeht kein Tag, ohne dass sie natürlich rein zufällig gerade an der Scheune oder an Sonjas Haus vorbeikommt. Ich bin wirklich froh, wenn wir die Sache morgen nach dem Kurs endlich klären können.«

»Ich sehne den Moment auch herbei. Also dann, halte durch und spätestens bis morgen Vormittag.«

Es war mittlerweile fast zehn Uhr, und ich sah zu, dass ich meine Einkäufe erledigte, bevor die Schwüle unerträglich wurde. Mein Sommerkleid klebte auf der Haut, die Luft war drückend. Im nicht klimatisierten Supermarkt um die Ecke vermischte sich der Geruch von Putzmittel und Schweiß, die lange Schlange an der Kasse deutete darauf hin, dass auch einige andere Menschen die Schlepperei der Einkaufstüten lieber vormittags hinter sich bringen wollten. Nachdem ich gezahlt und die Waren in meinen Taschen verstaut hatte, kam Thea in den Supermarkt.

»Maja, warum rufst du mich nicht zurück, wenn ich mir Sorgen um dich mache!«, rügte sie mich.

»Entschuldige, das habe ich total vergessen, aber mir geht es schon wieder besser.«

»Hat dich die Sommergrippe erwischt, oder warum läufst du bei den Saunatemperaturen mit einem Schal durch die Gegend?«

»Den trage ich nur, damit man meine Knutschflecken nicht

sieht«, meinte ich scherzhaft. Eigentlich war Thea eine vertraute alte Freundin, und ich hatte vor, ihr die wahren Hintergründe meiner angeblichen Kreislaufbeschwerden zu erzählen, aber im Moment wollte ich nur raus aus dieser stickigen Luft. Wir würden uns sowieso heute Abend bei der Chorprobe treffen.

»Weißt du, wen ich gerade gesehen habe?«, hielt mich Thea dennoch auf. »Die Hofstaller!«

»Denise?«

»Nein, ihre Mutter! Sie ist in einem quietschgelben, offenen Cabrio an mir vorbeigefahren. Sie sieht verdammt gut aus, das muss man ihr lassen, aber wenn man das ganze Jahr über auf Ibiza in der Sonne liegt, schaut man eben erholter aus als unsereiner.«

»Und du bist sicher, dass es Irene Hofstaller war? Schorsch oder Denise haben mir gegenüber gar nicht erwähnt, dass sie in Freising ist.«

»Natürlich bin ich sicher. Ich kenne sie genau, sie war jahrelang mit meiner Schwester befreundet.«

»Womöglich war sie es wirklich«, stimmte ich Thea zu, »Denise fährt so ein quietschgelbes Cabrio. Schorsch ist ein paarmal damit zur Arbeit gekommen, ich werde ihn heute Abend danach fragen. Also bis später«, verabschiedete ich mich und verließ das dampfige Geschäft.

Das war ja hochinteressant! Seit wann mochte Irene Hofstaller in Freising sein? Schorsch hatte nichts erzählt, wusste er vielleicht gar nichts davon? Falls Irene Hofstaller bei ihrer Tochter übernachtete, müsste er es mitbekommen. Ich würde es am Abend schon herausfinden.

Um fünf vor acht blickte ich ungeduldig zum Eingang der Weinstube. Die Chorprobe würde gleich anfangen, und Schorsch war immer noch nicht erschienen.

»Du kannst ruhig gehen«, forderte mich Andreas auf, »ich bin doch da!«

Alois hatte seinen freien Tag, aber natürlich könnte Andreas den Laden in der ersten Stunde auch allein schmeißen, erfahrungsgemäß kamen die meisten Gäste erst ab halb zehn.

Endlich ging die Tür auf, Schorsch betrat schwer atmend die Weinstube, dicke Schweißperlen standen ihm auf der Stirn.

»Bin ich zu spät?«, hechelte er. »Dabei bin ich extra gelaufen!«

»Du bist gerade noch pünktlich«, sagte ich streng.

»Warum bist du nicht im Chor, Maja?«, fragte Schorsch verwundert.

»Ich geh gleich. Sag mal, kann es sein, dass ich heute Vormittag Irene Hofstaller in der Stadt gesehen habe?«

»Das ist gut möglich«, antwortete Schorsch beiläufig, »sie ist gestern gekommen, weil sie irgendwelche Behördengänge erledigen musste.«

»Und wo schläft sie, wenn ich fragen darf?«

»Wie immer im Isar-Hotel, das ist von uns aus nur ein Katzensprung. Seit ich bei Denise wohne, möchte sie nicht mehr bei ihrer Tochter schlafen, weil es sonst zu eng wird. Natürlich habe ich ihr gesagt, dass ich auf der Couch schlafen würde, aber das wollte sie nicht.«

War Irene Hofstaller vielleicht deshalb angereist, weil sie nicht hinnehmen wollte, dass Korbinian Hefner nun in Besitz des Hauses ihres Exmannes kommen sollte? Bestimmt war sie der Meinung, das Haus stünde nach Brigittes Tod ihrer Tochter oder gar ihr selbst zu.

»Also, dann geh ich jetzt«, verabschiedete ich mich.

Mit schnellen Schritten stöckelte ich in Richtung Pfarrheim, ich schwitzte aus allen Poren. Weshalb verausgabte ich mich eigentlich so, fragte ich mich. Eine dumme Bemerkung von Herrn Thurgau war mir ohnehin sicher, er konnte es überhaupt nicht leiden, wenn man zu spät kam. Gemütlich schlendernd legte ich den restlichen Weg zurück, dann betrat ich den Probenraum.

Der Chor wurde gerade mit dem Anfang von Regers »Der Mensch lebt und bestehet nur eine kleine Zeit« schikaniert.

Herr Thurgau brach ab und holte aus: »Frau Kuckuck, ich sage ja nichts, wenn man mal fünf Minuten zu spät kommt, aber jetzt ist es zwanzig nach acht! Ich hoffe, Sie haben einen triftigen Grund für dieses Verhalten!«

»Was regen Sie sich so auf, Herr Thurgau, ich habe doch ›tacet‹ am Anfang des Stückes!«, feuerte ich zurück, dann nahm ich in aller Ruhe meinen Platz ein. Ich legte das Notenblatt auf meinen Schoß, verschränkte die Arme vor der Brust und lehnte mich gemütlich zurück, während der übrige Chor mühsam im Pianissimo die ersten Töne des Werkes röchelte.

»Sie müssen stützen, meine Damen und Herren, sonst kommt nur heiße Luft! Zum Stützen braucht man eine aufrechte Körperhaltung, also setzen Sie sich gerade hin und lehnen Sie sich um Gottes willen nicht an!«

Die Chorsänger rückten ihre Stühle zurecht und richteten sich auf, ich schlug die Beine übereinander und wippte gelangweilt mit meinem rechten Fuß. Was für ein schicker Schuh! Beinahe hätte mir so ein junges Ding dieses wunderschöne Modell vor der Nase weggeschnappt!

»Frau Kuckuck, wenn Sie mich provozieren wollen, dann sind Sie bei mir fehl am Platz!«, brüllte Herr Thurgau so laut, dass sich seine Stimme überschlug.

Der Chor war mucksmäuschenstill, niemand wagte, den Zorn unseres Chorleiters womöglich noch zu steigern.

Ich verharrte ruhig in meiner Fernsehsesselposition und beobachtete den cholerischen Ausbruch aus sicherer Entfernung. Herr Thurgaus Kopf war bedenklich rot geworden, was würde er als Nächstes machen?

»Das Stück ist zu schwer für diesen Chor, Ullrich, sammeln Sie es wieder ein!«

An den Gesichtern meiner Mitsänger glaubte ich zu erkennen, dass keiner darüber wirklich böse war. Warum sollten wir uns mit einem Werk herumplagen, das ein paar Nummern zu groß für uns war?

»Das hätte er eigentlich vorher wissen müssen«, flüsterte mir meine Nachbarin Agnes zu, ich nickte zustimmend.

Wir frischten zwei altbekannte Messen auf, die gute Stimmung war wieder hergestellt.

Als Herr Thurgau eine längere Passage mit den Männern probte, schweiften meine Gedanken ab, und mir kam das Telefongespräch mit Till von heute Morgen wieder in den Sinn. Was hatte er noch gleich gefragt? Wer würde Magnus' Vermögen erben, wenn Denise umkäme. Dieser Satz ließ mir plötzlich keine Ruhe mehr. So eine junge Frau hatte doch bestimmt noch kein Testament gemacht, es war also anzunehmen, dass das Erbe dann an ihre Mutter fiel. Ob sich Magnus vor seinem Tod über so einen Fall Gedanken gemacht hatte? Was wäre, wenn Korbinian Hefner ihn mittels Erpressung zu einer Klausel im Testament gezwungen hätte, wonach er in einem solchen Fall als Erbe hervorgehen würde?

Ich war beunruhigt. War Denise in Gefahr?

Herr Thurgau blickte böse in meine Richtung, ich hatte meinen Einsatz verpasst. Unkonzentriert sang ich die Probe zu Ende, dann marschierte ich wie immer mit dem harten Kern unseres Chores in die Weinstube.

Wenn ich nur mit jemandem über meine Befürchtungen sprechen könnte! Lilli hatte sich zur Probe entschuldigt, weil sie bei ihrem kranken Kind bleiben wollte. Leider war sie die Einzige, der ich mich anvertrauen konnte, alle anderen würden nur Bahnhof verstehen.

21

»Maja, das hast du gut gemacht. An dem Reger hätten wir uns die Zähne ausgebissen, und hinterher hätte es immer noch schaurig geklungen!« Ullrich klopfte mir zufrieden auf den Rücken.

»Ich verstehe nicht, warum uns der Thurgau dieses Werk überhaupt vorgesetzt hat, er hätte doch vorher wissen müssen, was er uns zumuten kann!«, regte sich Thea auf.

»Der Thurgau hat seine Fähigkeiten wieder mal total überschätzt, wahrscheinlich hat er gedacht, dass er mit seinen außergewöhnlichen Dirigierkünsten alles erreichen kann!«, analysierte Franziska bissig Herrn Thurgaus Beweggründe für die Auswahl des schweren Stückes.

Wolfgang und Hans waren beide mit in die Weinstube gekommen, saßen jedoch ziemlich weit auseinander. Das war gut so, dachte ich erleichtert, auf ein neuerliches Streitgespräch zwischen den beiden war bestimmt niemand scharf.

Ich ging zum Tresen und zapfte mir ein Pils. Meine innere Unruhe wollte sich einfach nicht legen.

»Wie lange bleibt denn die Mutter von Denise?«, fragte ich Schorsch.

»Das hat sie noch nicht genau gewusst, eventuell wollte sie heute Abend schon wieder zurückfliegen!«

Diese Antwort gefiel mir gar nicht, ich hatte gehofft, dass Denise den Abend mit ihrer Mutter verbringen würde und somit nicht allein sein würde, bis Schorsch nach Hause käme.

»Hat sich Denise denn inzwischen um die Buchführung der Werkstatt gekümmert?«, wollte ich weiter wissen.

»Bis jetzt noch nicht, aber sie wird wohl nicht drum herumkommen, schließlich ist sie die Chefin. Erst heute Vormittag hat der Gorilla auf unseren Anrufbeantworter gesprochen und Druck gemacht, was man andererseits natürlich verstehen muss. Denise hat vor, eine Buchhalterin einzustellen, aber es hat sich noch niemand auf die Zeitungsannonce hin gemeldet.«

Ich zischte den Rest meines Pilses hinunter und wagte die Frage, die mir auf der Seele brannte.

»Hat Denise ein Testament gemacht?«

Schorsch sah mich an, als hätte er sich verhört.

»Ein Testament?« Er drehte sich zu Andreas um, der gerade eine Flasche Frankenwein aus dem Kühlschrank holte, und bezog diesen in die Frage mit ein: »Hast du ein Testament?«

Andreas schüttelte den Kopf. »Nö!«, meinte er verwundert, bevor er in den Gastraum verschwand.

»Findest du nicht, Maja, dass wir dafür noch ein bisschen zu jung sind?«, wandte Schorsch sich wieder an mich.

»Man kann nie wissen, was passiert.« Ich tat beiläufig, um ihn nicht ins Grübeln zu bringen, ob meine Frage eine tiefere Bedeutung hatte.

Am Chortisch war das Thema inzwischen auf den Treppensturz von Brigitte gekommen.

»Es ist, als ob ein Fluch auf der Familie läge«, sagte Agnes aus dem Alt, »fehlt nur noch, dass seiner Tochter was passiert!«

Ich rutschte unruhig auf meinem Platz hin und her, sollte ich Schorsch vielleicht vorzeitig freigeben? Nein, das ging nicht, dann musste ich ihm meine Gründe dafür offen darlegen. Er würde Denise zu Hause in Angst und Schrecken versetzen, und am Ende würden sich meine Befürchtungen womöglich als Windei herausstellen.

»Ich habe heute die erste Frau vom Hofstaller gesehen«, meldete sich Thea zu Wort, »sie war wieder mal im Lande. Mensch, so ein Leben möchte ich auch führen, immer Urlaub!«

»Also Thea, da hast du völlig falsche Vorstellungen, die

Frau betreibt eine Strandbar, das bedeutet Arbeit von früh bis spät!«, gab Ullrich seinen Senf dazu.

»Ich war auch mal auf Ibiza«, mischte sich Franziska ein, »da gibt's eine Strandbar neben der nächsten. Ich glaube, die Konkurrenz ist ziemlich groß, die kämpfen dort alle ums Überleben. Außerdem müssen die Leute dort auch noch für die Wintermonate vorsorgen.«

Klar, was Franziska sagte, klang einleuchtend. Irene Hofstaller war bestimmt nach Freising gekommen, weil sie sich das Haus ihres Exmannes nicht einfach so von Korbinian Hefner wegschnappen lassen wollte. Immerhin hatte sie fast zwanzig Jahre darin gelebt. Sie könnte das Anwesen verkaufen und ein hübsches Sümmchen dafür kassieren.

Als ich meinen Kontrollblick durch die Weinstube schweifen ließ, sah ich Schorsch doch glatt mit dem Telefon hinter dem Tresen stehen. Ich ging zu ihm hin.

»Seit wann telefonieren wir denn während der Arbeit?«, fragte ich streng.

Er legte sofort auf und entschuldigte sich: »Ich wollte nur Denise kurz Bescheid geben, dass sie den Humphrey-Bogart-Film heute Nacht aufnehmen soll, aber sie geht nicht ran. Wahrscheinlich liegt sie wieder mit lauter Musik in der Badewanne.«

So, das war jetzt endgültig der letzte Aufruf an mein Gewissen, dass ich hier nicht tatenlos in der Weinstube herumsitzen konnte, während sich Denise womöglich in höchster Lebensgefahr befand.

»Andreas!«, rief ich meine rechte Hand zu mir. »Ich habe auf einmal fürchterliche Kopfschmerzen, die schwüle Hitze macht mir zu schaffen. Ich würde mich gerne nach oben verziehen.«

»Natürlich, Maja, leg dich hin, ich schaff das schon«, entgegnete er routiniert, dann ließ ich mein Sprüchlein am Chortisch noch einmal los, bevor ich mich verabschiedete.

Ullrich und Thea blickten mir besorgt hinterher, das war

nun schon das zweite Mal in dieser Woche, dass ich mich wegen Unpässlichkeiten eher zurückzog.

Schnell lief ich nach oben in meine Wohnung, schlug im Telefonbuch Denises Hausnummer in der Erdinger Straße nach, schnappte meine neue Handtasche mitsamt Handy und schlich über den Hinterausgang aus dem Haus.

Mein Auto war den ganzen Tag über in der Sonne gestanden, die Hitze hatte sich bis jetzt um halb elf Uhr im Inneren des Wagens gestaut. Ich öffnete alle Fenster und fuhr in die Erdinger Straße im Freisinger Stadtteil Lerchenfeld.

Vor dem griechischen Lokal Messogios plauderten und lachten einige junge Leute ausgelassen in der lauen Sommernacht, die Stimmung passte so gar nicht zu meiner inneren Unruhe. Ich fuhr ein paar Meter weiter und stand schließlich vor einem gepflegten, mehrstöckigen Wohnhaus, in dessen Erdgeschoss ein großer Bioladen untergebracht war. Das war also der Besitz von Denise Hofstaller, nicht schlecht! Bestimmt konnte man allein von den Mieteinnahmen sehr gut leben. Ich parkte mein Auto vor dem Geschäft und stieg aus. Der Eingang zu den Wohnungen führte über einen dunklen, schmalen Weg rechts am Gebäude vorbei. Ich stand vor der gläsernen Haustür und drückte den Knopf für das Licht. In der obersten Reihe der Namensschilder war der Name Hofstaller angebracht.

Sollte ich tatsächlich um diese Uhrzeit einfach läuten? Wie sollte ich Denise klarmachen, dass sie sich von Korbinian Hefner fernhalten musste? Sie durfte sich nicht allein mit ihm wegen der Buchhaltung treffen, und sie durfte ihn auf keinen Fall in ihre Wohnung lassen, das wäre lebensgefährlich! Ohne weiter nachzudenken drückte ich schließlich den Klingelknopf. Nichts tat sich. Ob sie immer noch in der Badewanne lag, wie Schorsch vermutet hatte? Ich versuchte es noch einmal, aber erfolglos. Aus einigen der Fenster drang Licht, bei anderen waren die Rollos zugezogen. Ich ging ein paar Schritte zurück, um besser sehen zu können. Das oberste Stockwerk war komplett dunkel, die Rollos waren geöffnet. Da ich nicht wusste, welche Fenster zu Denises Wohnung gehörten, ging ich um die Hausecke herum und musste feststellen, dass auch auf der vorderen und der linken Seite des Hauses das oberste Stockwerk komplett im Dunkeln lag, es war also davon auszugehen, dass Denise nicht zu Hause war. Vielleicht war sie mit ihrer Mutter ausgegangen, Schorsch sagte, Irene Hofstaller habe noch nicht genau gewusst, wann sie nach Ibiza zurückfliegen würde.

Ich stieg ins Auto und fuhr den kurzen Weg zum Isar-Hotel. Das chinesische Restaurant im Erdgeschoss des Hotels war bestens besucht, bei der Hitze verspürten wohl viele Menschen ähnlich wie im Süden erst zu später Stunde Appetit. Gleichzeitig mit der Besatzung einer ägyptischen Fluglinie betrat ich die Hotellobby. Mir blieb nichts anderes übrig als zu warten, bis die Herrschaften alle eingecheckt hatten. Endlich konnte ich die Dame an der Rezeption nach Irene Hofstaller fragen.

»Frau Hofstaller ist heute Mittag abgereist«, teilte mir die Hotelangestellte mit.

Dann war Denise also auch nicht mit ihrer Mutter zusammen. Mein mulmiges Gefühl verstärkte sich, während mir gleichzeitig bewusst wurde, in welch verrückter Mission ich eigentlich unterwegs war. Ich war an einem lauen Freitagabend auf der Suche nach einer jungen Frau, die sich bestimmt irgendwo in den vielen Straßencafés oder in einem der Biergärten einen schönen Abend im Kreise ihrer Clique machte. War es nicht lächerlich, was ich da trieb? In welch fixe Idee hatte ich mich da verrannt? Wahrscheinlich setzte mir der Überfall im Weinkeller erst jetzt, mit Verspätung, psychisch zu. Denise war eine erwachsene Frau, sie würde schon auf sich aufpassen.

Ich stieg in meinen Wagen und fuhr die Isarstraße zurück in Richtung Neustift. An der Abzweigung in die Landshuter Straße nahmen meine Bedenken wieder überhand. Fast automatisch lenkte ich den Wagen geradeaus weiter in die Mainburgerstraße und schließlich nach links die Vimystraße hoch. Auf der rechten Seite erkannte ich bereits die wuchtigen Gebäude des Prinzregentenparks, in dem Korbinian Hefner wohnte. Für die Anwohner gab es eine große Tiefgarage unter der Grünfläche in der Mitte der Anlage, die Besucher stellten ihre Autos meist entlang der Vimystraße ab, da man die Wohnanlage nur zu Fuß betreten durfte.

Ich musste nicht lange nach einer Parklücke suchen, wie in Trance stellte ich meinen Minivan ab und stieg aus. Welcher Teufel hat dich geritten, dass du nachts allein hierherkommst, fragte ich mich selbst. Als ich das beruhigende Gemurmel der Leute vernahm, die den warmen Abend auf ihren Balkonen genossen, gewann ich an Sicherheit und machte mich auf den Weg zur Wohnung von Korbinian Hefner.

Die vielen hell erleuchteten Wohnungen mit ihrem spätabendlichen Treiben auf den Terrassen und Balkonen, die die Grünanlage umsäumten, gaben der Wohnanlage um diese Stunde eine Atmosphäre, die mich an Hitchcocks Klassiker »Das Fenster zum Hof« erinnerte. Jeder Bewohner konnte problemlos in die kleine Welt seiner Nachbarn sehen, doch niemand schien sich daran zu stören.

Vorsichtig näherte ich mich der Erdgeschosswohnung des Gorillas, schließlich wäre es möglich, dass er den Abend in seinem Minigarten verbrachte. Der kleine grüne Flecken vor dem Haus war jedoch genau wie die dazugehörende Wohnung stockfinster, er war nicht zu Hause. Verdammt, wo trieb er sich herum? Mit schnellen Schritten ging ich zum Auto zurück, nicht dass er womöglich gerade in diesem Moment auf dem Heimweg war und ich ihm direkt in die Arme laufen würde. Ob er noch in der Werkstatt arbeitete? Um mein Gewissen zu beruhigen, entschloss ich mich, zum Haus am Waldfriedhof zu fahren.

Als ich in die Straße einbog, in der sich Haus und Werkstatt befanden, traf mich fast der Schlag. Direkt vor dem Eingang des Anwesens stand ein quietschgelbes Cabriolet! Ja ist denn das Mädel von allen guten Geistern verlassen! Wie kann sie sich nachts allein diesem Monster ausliefern? Die Fenster im Erdgeschoss waren hell erleuchtet, die Sicht wurde jedoch durch weiße Vorhänge versperrt. Was sollte ich jetzt bloß tun? Vielleicht war der Hefner ja gar nicht da drin, versuchte ich mir einzureden. Denise besaß mit Sicherheit einen Schlüssel für das Haus und die Werkstatt, womöglich war sie extra um diese Uhrzeit gekommen, damit sie sich ohne die Gesellschaft von Korbinian Hefner um die Buchhaltung kümmern konnte. Und wenn sie doch mit dem Hefner allein im Haus war? Was würde passieren, wenn ich läuten und er mich einlassen würde? Dieser Muskelprotz könnte es locker mit zwei Frauen gleichzeitig aufnehmen. Trotzdem, ich würde meines Lebens nicht mehr froh werden, wenn Denise etwas zustieße, weil ich nicht gehandelt hatte.

Ich stieg aus, ging durch das angelehnte Gartentürchen und läutete. Es vergingen mindestens zwei Minuten, bis die Tür geöffnet wurde.

Korbinian Hefners gigantische Maße wirkten mit dem Licht der Werkstatt im Rücken noch Furcht einflößender, als sie ohnehin schon waren. Wegen der Dunkelheit draußen konnte ich nur seine Umrisse sehen, nicht jedoch sein Gesicht.

»Was wollen Sie hier um diese Uhrzeit?«, fragte er unwirsch. Es war offensichtlich, dass ich ihn bei irgendetwas gestört hatte.

»Ich, ähm, ich kam zufällig vorbei und habe das Auto von Denise Hofstaller vor der Tür gesehen. Ich müsste dringend mit ihr sprechen.« Meine Stimme zitterte wie Espenlaub.

»Sie ist nicht hier, und jetzt entschuldigen Sie mich!«

Zack, schon war die Haustür wieder zu. Natürlich war sie hier, weshalb stand sonst ihr Auto vor der Tür! Was spielte sich in diesen Minuten da drinnen ab? Ich musste Hilfe holen, aber wen? Den Schorsch konnte ich nicht aus der Weinstube abziehen, Andreas würde den Freitagabend-Andrang allein nicht bewältigen. Ob Till vielleicht noch wach war? Ich ging zum Auto zurück, kramte mein Handy aus der Tasche und wählte Sonjas Nummer. Niemand nahm ab. Vielleicht arbeitete er noch in der Scheune, nach Sonjas Beerdigung konnte er wahrscheinlich sowieso nicht gut schlafen.

Ich drehte um, nahm Kurs auf die Innenstadt und parkte neben dem Friedhof in der Prinz-Ludwig-Straße, dann ging ich die paar Meter zur Kammergasse vor und bog links in den Kammerhof ein. Gott sei Dank, Licht schimmerte durch die Ritzen der Holzlatten, er arbeitete noch.

22

Ich klopfte stürmisch an die Tür, Till rief von innen »Moment!« und öffnete schließlich mit einem verschmierten Lappen in der Hand, mit dem er sich notdürftig die Finger abgeputzt hatte.

»Maja, das ist aber nett, dass du noch vorbeischaust.« Er war froh, mich zu sehen. »Es tut gut, an diesem schrecklichen Tag noch ein wenig Gesellschaft zu haben.«

»Till, wir müssen etwas unternehmen«, fiel ich sofort mit der Tür ins Haus.

»Was ist denn passiert?«, fragte er erschrocken.

»Denise Hofstaller ist mit dem Hefner allein im Haus am Waldfriedhof. Ich habe geläutet, um sie vor ihm zu warnen, aber er hat mich barsch abgewimmelt und behauptet, sie sei nicht da. Ihr Auto steht vor der Tür, es gibt keinen Zweifel, dass sie da drin ist. Weshalb lügt er mich an? Till, ich sage dir, da stimmt irgendetwas nicht!«

»Du hast dir also ebenfalls Gedanken über die weitere Erbfolge des Hofstaller-Vermögens gemacht. Mir ist auch nicht wohl nach dem, was du gerade erzählt hast, aber was sollen wir denn tun? Wenn uns der Hefner nicht ins Haus lassen will, können wir nichts machen!«

»Und wenn wir uns mit Gewalt Eintritt verschaffen?«

»Maja, du überschätzt meine körperlichen Fähigkeiten! Gegen diesen Hefner bin ich ein kleines Würstchen!«

»Bitte, Till, lass uns hinfahren! Wenn Denise etwas passiert, werden wir uns ewig Vorwürfe machen!«

»Na schön, vielleicht bringt es etwas, wenn wir Präsenz zeigen. Sobald der Hefner weiß, dass zwei Leute vor der Tür sitzen und ihn im Auge haben, wird ihm die Sache hoffentlich zu heiß.«

Wir liefen zu meinem Auto, ich vollführte ein äußerst gewagtes Wendemanöver und drückte anständig aufs Gas, um keine Zeit zu verlieren.

Als wir vor der Hofstaller-Werkstatt vorfuhren, bot sich uns ein höchst beunruhigendes Bild. Denises Auto stand immer noch am gleichen Platz, aber es brannte kein Licht mehr im Haus. Alle Fenster waren stockfinster.

»So, jetzt haben wir die Bescherung. Wahrscheinlich hat er sie in der Zwischenzeit umgebracht und jetzt versteckt er irgendwo ihre Leiche«, ließ ich meinen düsteren Gedanken freien Lauf.

»Maja, jetzt reiß dich zusammen!« Till versuchte, sich seine Nervosität nicht anmerken zu lassen, aber ich spürte, dass er ähnlich dachte wie ich. Er stieg aus und ging auf die Haustür zu, ich folgte ihm. Er klingelte, aber nichts rührte sich.

»Wir müssen die Tür aufbrechen«, schlug ich vor.

»Bist du verrückt, das ist Hausfriedensbruch!« Till rieb sich ratlos das Kinn, dann legte er sein Ohr an die hölzerne Tür. Nach einer Weile meinte er: »Man hört keinen Mucks, ich glaube nicht, dass jemand im Haus ist.«

»Na dann können wir doch gefahrlos reingehen und uns nach Kampfspuren umsehen!«, ließ ich nicht locker.

Till sah mich wenig begeistert an, schließlich gab er nach. »Aber auf deine Verantwortung, Maja!«

Er zog sein Portemonnaie aus der Hosentasche und holte eine Scheckkarte heraus, schob sie unterhalb des Schlosses zwischen Tür und Rahmen und rutschte vorsichtig damit auf und ab.

»Ich schaff es nicht«, seufzte er nach ein paar Minuten resigniert.

»Lass mich versuchen!« Ungeduldig nahm ich die Plastikkarte und stocherte damit in dem engen Spalt herum. Plötzlich knackte es, das Schloss sprang auf.

»Na also«, sagte ich erleichtert, stieß die Tür auf und drückte auf den Lichtschalter.

»Du kannst doch kein Licht machen!«, rief Till hinter mir.

»Wie willst du sonst etwas sehen?«, fragte ich zurück.

Mit festen Schritten ging ich zur geöffneten Tür der Werkstatt und trat ein. Dort machte ich ebenfalls das Licht an und sah mich um. Die Werkstatt machte für mein Laienauge einen aufgeräumten Eindruck, Werkzeuge hingen an der Wand oder waren ordentlich in Kisten eingeräumt, ein paar Pläne lagen fein säuberlich gestapelt auf einem Tisch in der Ecke, daneben standen Stifte in einem Glas. Ich ging weiter auf die Tür links am Ende des großen Raumes zu, an der das Schild Büro angebracht war, Till folgte mir auf leisen Sohlen. Im Gegensatz zu mir fühlte er sich offensichtlich als Einbrecher, ich hingegen sah diese Mission als meine dringendste Pflicht an.

Der große Schreibtisch in der Mitte des Büros war ebenfalls aufgeräumt, das übrige Mobiliar bestand aus einigen Stühlen und aus zwei großen Aktenschränken hinter dem Schreibtisch. Die Wände waren voll mit verschiedenen gerahmten Auszeichnungen, dazwischen hingen nebeneinander die beiden Meisterbriefe von Magnus Hofstaller und von Korbinian Hefner.

Eine zweite Tür führte von der Werkstatt in einen kleinen Flur, von dem aus es rechts zur Toilette und links zu einer kleinen Teeküche ging. Neben der Spüle standen mehrere leere Bierflaschen, zwei Sektgläser und eine leere Champagnerflasche. An einem der beiden Sektgläser waren deutlich Lippenstiftspuren zu erkennen, die Champagnerflasche fühlte sich trotz warmer Temperaturen erstaunlich kühl an, bestimmt war sie gerade erst geleert worden.

»Sie haben Champagner miteinander getrunken«, murmelte ich verwundert vor mich hin.

»Vielleicht haben sie einen Waffenstillstandsvertrag abgeschlossen und diesen anschließend gefeiert«, mutmaßte Till.

»Ich weiß nicht, ich finde das alles ziemlich merkwürdig.

Weshalb hat mich der Hefner dann angelogen und gesagt, Denise sei nicht hier?«

Till zuckte mit den Schultern. »Jedenfalls haben wir weder eine Leiche noch irgendwelche Kampfspuren gefunden, wir sollten zusehen, dass wir hier rauskommen!«

»Und wenn sie oben in der Wohnung sind?«

»Das ist ausgeschlossen. Hast du nicht das unversehrte Polizeisiegel an der Tür zum Wohnungsaufgang gesehen?« Er versuchte, mich zu beruhigen.

Wir machten die Lichter aus und zogen die Tür von außen zu.

»Und wenn der Hefner Denise angeboten hat, sie nach Hause zu fahren, weil sie zu viel Champagner getrunken hat? Und sie aber gar nicht zu Hause abgeliefert hat?« Diesmal vermied ich es, meine weiteren Befürchtungen auszusprechen.

»Maja, wir haben alles getan, was wir tun können. Wir sind nicht die Leibwächter von Denise Hofstaller, wir können doch nicht ganz Freising nach ihr absuchen!«

Till hatte recht, wir waren machtlos.

»Ich werde heute Nacht kein Auge zutun«, meinte ich unruhig, als ich meinen Wagen wieder Richtung Innenstadt lenkte.

»Willst du mir jetzt ein schlechtes Gewissen einreden? Maja, dieser Tag war schon schlimm genug für mich.«

Ich schämte mich, ich hatte völlig verdrängt, was Till heute bereits durchgemacht hatte. Es war rücksichtslos von mir, ihn jetzt auch noch mit der Sorge um Denise Hofstaller zu belasten.

»Möchtest du ein Glas Rotwein?«, bot er an. »Ich werde heute Nacht sicher auch nicht schlafen.«

»Gern«, antwortete ich, »es tut mir leid, ich habe dich noch gar nicht nach Sonjas Beerdigung gefragt.«

Ich fuhr in dieselbe Parklücke wie vorher, dann gingen wir schwermütig und stumm zu Tills Scheune.

»Lass mich kurz etwas aufräumen«, sagte er, als wir eintraten. »wie du siehst, habe ich mich heute Abend voll in die Arbeit gestürzt.«

Es standen mehrere leere Kübel mit angetrockneten Gips- und Betonresten um eine hohe, massige Figur herum, der Boden war übersät mit Lappen, Spachteln und Feilen.

»Kannst du schon erkennen, was es wird?«, fragte er.

»Korbinian Hefner?«, tippte ich spontan.

Till konnte sich ein Lächeln nicht verkneifen. »Du hast vielleicht Ideen! Nein, es wird ein Bär. Ein Hotel hat mich beauftragt, für die Eingangslobby zwei mindestens zwei Meter große Exemplare des Freisinger Wappentieres anzufertigen. Natürlich ist dies erst die erste Rohfassung, die jetzt trocknen muss, bevor ich richtig daran arbeiten kann.«

»Oje«, fiel mir beim Anblick der Massen von Gips ein, »morgen ist dieser Gipskopfkurs. Sei mir nicht böse, Till, aber darauf habe ich im Moment überhaupt keine Lust, ich würde mich morgen Vormittag lieber davon überzeugen, dass Denise Hofstaller wohlauf ist.«

»Der Kurs ist übrigens schon heute«, meinte Till, während er eine Flasche Bardolino entkorkte, »es ist Viertel vor eins. Maja, du musst kommen, du kannst mich doch nicht mit dieser männerfressenden Doris Winter allein lassen!«

»Ach, Doris habe ich ganz vergessen! Hat sie dir heute noch gar nicht aufgelauert?«

»Ausnahmsweise nicht. Wahrscheinlich wusste sie von Sonjas Beerdigung und hat mich aus Pietätsgründen verschont.«

Wir setzten uns auf die Klappstühle und tranken einen Schluck Bardolino, wie immer bei Till aus Pappbechern. Er lehnte seinen Kopf zurück und sah zur Decke hoch.

»Ich bin froh, dass dieser Tag vorbei ist, allerdings fühle ich mich nicht so erleichtert, wie ich gehofft hatte. Sonjas mysteriöse Todesumstände hindern mich daran, nach vorne zu schauen, sie beschäftigen mich jeden Tag mehr.«

Er richtete sich wieder auf und stieß dabei unglücklich die Flasche Bardolino um, die er direkt neben seinem rechten Fuß abgestellt hatte. Der rote Traubensaft schwappte auf seinen linken, weißen Espandrillo, noch ehe er die Flasche im Halbflug zu fassen bekam.

»Heute ist nicht mein Tag, der Schuh ist hinüber«, stöhnte er. Er zog den tropfenden Leinenschuh mit der Bastsohle aus und warf ihn in einen großen Müllsack neben der Tür, dann setzte er sich wieder.

»Hast du dich verletzt?«, fragte ich mit Blick auf seine nackten, grün-lila Zehen.

»Mir ist die Stahlbiene auf den Fuß gefallen, als ich sie gestern dort hinübergestellt habe«, stöhnte er.

»Willst du sie verkaufen?«, interessierte ich mich. »Offenbar hast du doch einen gewissen Namen in der Künstlerbranche, wenn du sogar Aufträge von Hotels bekommst.«

»Mal sehen, ob sich jemand dafür erwärmen kann. Es ist schwierig, an Käufer ranzukommen, die auch den nötigen Platz für meine Arbeiten haben. Meine Werke verfügen meistens über ausladende Dimensionen.«

»Deine Klientel sind die Wohlhabenden. Lass doch ein paar Postkarten mit Fotos besonders gelungener Werke drucken und wirf sie bei den Leuten im Umkreis ein, deren Häuser zumindest nach außen etwas hermachen!«

»Willst du meine Managerin werden?«, fragte er scherzhaft.

»Quatsch! Woher hast du eigentlich deine Begabung für solche Dinge? Waren deine Eltern auch künstlerisch tätig?«

Till nahm einen großen Schluck Bardolino, dann sagte er nicht ohne Stolz: »Mein Vater war einer der genialsten und innovativsten Bildhauer seiner Zeit!«

»Tatsächlich? Das wusste ich nicht, ich kenne mich in dem Metier nicht aus. Hat er auch Preise gewonnen wie der Hofstaller?«

Till starrte gedankenverloren in seinen Bardolino hinein, irgendwie schien er die Frage nicht gehört zu haben. Hatte er von seinem Vater nicht gerade in der Vergangenheit gesprochen? Wahrscheinlich war er schon gestorben, und ich erinnerte ihn nun ausgerechnet heute auch noch an diesen Verlust.

Es wurde Zeit, dass ich mich verabschiedete, ich hatte Till bereits mehr als genug zugemutet.

»Ich gehe jetzt«, verkündete ich und stand auf.

»Aber warum denn so plötzlich?« Till sah zu mir hoch wie ein aufgescheuchtes Wild.

»Wir brauchen beide Ruhe, es war ein langer Tag.«

»Du hast recht«, meinte er und stand ebenfalls auf, um mich zur Tür zu begleiten.

Es war ein Ruck nach hinten, der mich völlig unvorbereitet überwältigte. Mein Hals wurde gequetscht, meine Arme hinter den Rücken gerissen.

»Hast wohl gedacht, du kannst fliehen, was!« Till flüsterte so nah in mein Ohr, dass ich seinen heißen Atem spürte. »Du weißt es! Als du meinen Fuß gesehen hast, bist du misstrauisch geworden, stimmt's?«

Ich hatte Mühe, einen klaren Gedanken zu fassen. Till zerrte mich in eine Ecke zu einem Tisch und nestelte hinter meinem Rücken herum. Ich japste nach Luft, mir wurde schwindlig. Dann löste sich der Druck auf meinen Hals, ich bekam wieder Luft und spürte, wie Till meine Handgelenke fest zusammenschnürte, ein paar Sekunden später klatschte er mir brutal etwas auf den Mund. Er schubste mich zu einem Klappstuhl an der Wand in der linken Ecke neben der Tür. Dann drehte er mich um und drückte meine Schultern nach unten, bis ich aufrecht auf dem Stuhl zum Sitzen kam. Meine gefesselten Handgelenke im Rücken verhinderten, dass ich mich anlehnen konnte. Till ging zum Tisch zurück, holte braunes Paketklebeband und eine Schere und fesselte mich damit an den Fußgelenken. Langsam kehrte auch mein klarer

Verstand zurück. Ich sah und spürte zwar, was passierte, aber ich konnte es nicht fassen. Till hatte mich überwältigt und gefesselt, er war es gewesen, der mich im Weinkeller überfallen hatte! Aber weshalb? Und was hatte er jetzt vor?

23

Till ging zu seinem Wein und kippte den gesamten Inhalt des Pappbechers auf einmal hinunter. Dann sah er mich an, als ob er nicht wisse, was er nun mit mir machen solle.

Plötzlich schien er eine Idee zu haben. Er holte ein verdrecktes Radiogerät aus einer alten Obstkiste neben den großen Papiersäcken, steckte das Netzteil in die Steckdose direkt neben meinem Stuhl und stellte das Gerät an. Dann drehte er den Lautstärkeregler so weit auf, dass man sich über die basslastige Popmusik hinweg gerade noch unterhalten konnte. Er holte seinen Klappstuhl und zwei bis oben mit Wein gefüllte Pappbecher und setzte sich mir gegenüber. Er beugte sich nach vorne und riss mir ruckartig das Klebeband vom Mund. Es schmerzte zwar, aber ich war froh über dieses kleine Stück wiedererlangte Freiheit.

»Wenn du schreist, mach ich das Klebeband sofort wieder drauf!«, drohte er. Dann hob er die beiden Pappbecher in die Höhe und rief mir einen Trinkspruch entgegen: »Auf Clemens Backhaus, und auf die Gerechtigkeit!«

Er hielt mir mit der rechten Hand den einen Pappbecher an den Mund, während er mit der linken selbst trank.

Dankbar nahm ich so viel Schlucke des Rotweins, wie ich kriegen konnte, meine Nerven verlangten nach Beruhigung.

»Wer ist Clemens Backhaus?«, fragte ich gefasst und wunderte mich selbst über meine feste Stimme.

Till stand auf, ging abermals zu der Obstkiste und holte einen schwarzen Aktenkoffer heraus. Er öffnete ihn und entnahm ihm ein dickes Buch, mit dem er zurückkam. Es handelte sich um einen Bildband mit Fotos von den Skulpturen eines Bildhauers mit Namen Clemens Backhaus.

»Das war mein Geschenk an meinen Vater zu seinem

ersten Todestag. Ich habe den Bildband selbst herausgegeben.«

Er schlug verschiedene Seiten auf und hielt mir die jeweiligen Fotos vor das Gesicht. Unter den Fotos der Skulpturen, Grabsteine und Stelen standen die Jahreszahl der Entstehung, der Auftraggeber und der Ort, an dem die Kunstwerke zu finden waren.

»Schön«, sagte ich kurz, »aber wie gesagt, ich verstehe nichts davon.«

Er nahm den Bildband wieder an sich und suchte hektisch eine bestimmte Seite. Wortlos hielt er mir das Foto einer marmornen Stele unter die Nase. An seinem Gesicht erkannte ich, dass diese Skulptur eine besondere Bedeutung haben musste.

»Kannst du mir etwas darüber erzählen?«

Es war in jedem Fall besser, ihn selbst reden zu lassen, bevor ich eine falsche Bemerkung machte.

Till drehte das Buch um und blickte starr auf das Foto.

»Für diese Stele hat Magnus Hofstaller seine wichtigste Auszeichnung bekommen, sie hat sozusagen seinen Erfolg begründet.«

Ich verstand gar nichts mehr. »Aber weswegen hast du in dem Bildband über die Werke deines Vaters eine Arbeit von Magnus Hofstaller mit aufgenommen?«

Till sprang vom Stuhl und schrie aus vollem Hals: »Die Stele ist nicht von Magnus Hofstaller, sie ist von meinem Vater! Der Hofstaller hat ihn besucht und sie anschließend kopiert! Dieses Schwein hat meinen Vater ruiniert! Er hat meine Eltern auf dem Gewissen!«

Schlagartig wurde mir die Tragweite dieser Aussage bewusst! Till hatte nicht nur mich im Weinkeller überfallen, er hatte Magnus Hofstaller im Bus erwürgt! Mein Gott, ich hatte schon mit meiner ersten Vermutung recht gehabt! Und nicht nur ich, fast alle Chorsänger hatten spontan auf Till Backhaus als Täter getippt, obwohl niemand die tatsächlichen

Hintergründe der Tat ahnen konnte. Aber Kommissar Scheffel hatte natürlich wieder alles besser gewusst!

Es fiel mir schwer, den Tatsachen ins Auge zu sehen. Ich saß einem Mann gegenüber, der noch bis vor zehn Minuten mein Freund gewesen war und der sich plötzlich als Mörder entpuppt hatte. Die Situation war tückisch, das vertraute Gefühl wollte nicht weichen, obwohl ich eigentlich Angst vor ihm haben müsste. Wie würde es weitergehen? Er war gerade dabei, seine Tat vor mir zu rechtfertigen. Offenbar lag ihm viel daran, dass ich ihn verstand, deshalb hielt er mich auch hier fest. Sollte ich versuchen, ihn dazu zu überreden, dass er sich der Polizei stellte? Wenn ich ihm sagen würde, dass er unter den gegebenen Umständen bestimmt auf mildernde Umstände hoffen durfte, könnte es funktionieren.

»Das musst du mir genauer erklären«, forderte ich ihn auf. »Wie kann es sein, dass so eine kopierte Stele das Leben deiner Eltern zerstört hat?«

»Ha, diese Stele war nur der Anfang. Mein Vater und der Hofstaller haben sich vor zwanzig Jahren auf einer Gemeinschaftsausstellung bayerischer Bildhauer in München kennengelernt. Sie hatten beide einige Objekte dort ausgestellt, aber im Gegensatz zu Magnus Hofstallers Skulpturen erregten die Arbeiten meines Vaters das Interesse der Kunstkritiker. Sie bewunderten seine neuen Techniken und Ideen und handelten ihn als hoffnungsvollen Nachwuchskünstler. Der Hofstaller hat daraufhin die Freundschaft meines Vaters gesucht und uns regelmäßig in Pfaffenhofen besucht, wobei er sich natürlich besonders für die neuesten Arbeiten meines Vaters interessiert hatte. Nach einigen Jahren hörten wir dann immer wieder von Preisen und Auszeichnungen, die der Hofstaller bekommen hatte. Mein Vater war ein bescheidener Mensch, es war ihm unangenehm, auf die entsprechend wichtigen Leute zuzugehen, um seine Werke mehr ins Licht der Öffentlichkeit zu rücken. Er verdiente genug, um seine Familie gut ernähren zu können und hatte meistens zu viel zu tun, um ellenlange Formulare auszufüllen und seine Arbeiten zu Wettbewerben anzumelden. Doch er litt zunehmend darunter, dass ihm die überregionale Anerkennung seiner Kunst verwehrt blieb. Eines Tages bekam er zufällig einen Ausstellungskatalog in die Hände, in dem prämierte Skulpturen des damaligen Jahres abgebildet waren. Es war nicht zu fassen! Der Hofstaller hatte mehrere Arbeiten meines Vaters zu fast hundert Prozent kopiert und dafür bedeutende Preise eingeheimst! Die Stele hier, die ich dir gerade gezeigt habe, wurde auf Ausstellungen in ganz Europa gezeigt. Mein Vater war außer sich vor Wut und Enttäuschung! Natürlich wollte er diesen Betrug nicht einfach hinnehmen und hat sich gewehrt. Er hatte Auftragsdaten, Pläne und Fotos der Objekte zusammengetragen und ist damit vor Gericht gezogen.«

Till sprang vom Stuhl auf und tigerte völlig aufgelöst in der Scheune herum.

»Er hat gekämpft bis zur letzten Instanz, aber er hat verloren! Stell dir das vor, er hat verloren!«

»Aber er hatte doch Beweise, dass die Arbeiten von ihm stammten!« Ich zeigte mich ebenfalls erschüttert und wartete auf weitere Erklärungen.

»Dieses Schwein hat den Gutachter bestochen! Die Dreckskerle sind doch alle korrupt! Dieser Dr. Müller hat ohne mit der Wimper zu zucken die gefälschten Unterlagen von Magnus Hofstaller als Originale anerkannt! Er hat das Lebenswerk meines Vaters zerstört und ihn seines ganzen Lebensmutes beraubt! Mein Vater war anschließend ein gebrochener Mann, er sah keinen Sinn mehr darin, in dieser ungerechten Welt weiterzuleben!«

Tills Gesichtszüge verzerrten sich, die Wut raubte seinem Antlitz jegliche Schönheit.

»Unfassbar, das tut mir sehr leid«, drückte ich meine Anteilnahme aus.

Till drehte mir den Rücken zu und sagte eine Weile nichts.

Eine Boygroup jaulte schnulzig aus dem Radiogerät neben mir, die Situation war ausgesprochen bizarr.

»Mein Vater hat sich kurze Zeit später erhängt. Meine Mutter hat darüber den Verstand verloren, sie lebt seitdem in einem Sanatorium und erkennt mich nicht mehr.«

Was sollte man dazu sagen? Die Sache war in der Tat äußerst tragisch, ich konnte absolut verstehen, dass Till von Rachegefühlen gequält wurde.

»Wenn du diese Geschichte einem Richter erzählst, wird er dir sicher mildernde Umstände anrechnen.«

»Ha!«, unterbrach er mich höhnisch lachend. »Ist das dein Ernst? Der Prozess meines Vaters hat doch gezeigt, was Gerechtigkeit und Wahrheit vor Gericht wert sind! Nichts!«

Er öffnete eine weitere Flasche Rotwein und goss seinen Pappbecher voll. »Außerdem werde ich gar nicht in die Situation kommen, mich wegen Mordes verteidigen zu müssen. Mein Plan ist bestens durchdacht, alles hat perfekt funktioniert. Allerdings habe ich mich gewundert, wie lange dieser schwerfällige Kommissar und diverse selbsternannte Hobbydetektive gebraucht haben, meiner falschen Fährte endlich Bedeutung beizumessen, die Lösung lag doch auf der Hand! Ich habe die Bustoilette sofort nach der Abfahrt in Bamberg von außen mit einem Schraubschlüssel verschlossen. Erst in Greding habe ich die Tür in einem unbemerkten Moment wieder entriegelt, sodass die Polizei die Möglichkeit eines blinden Passagiers in Betracht ziehen musste. Irgendwann wird dieser Scheffel die Suche nach einem Motiv aufgeben und den Fall mit dem Ergebnis ad acta legen, dass es sich bei dem Mörder um einen blinden Passagier handelte, der nicht zu ermitteln war.«

Die Idee war gut, das musste ich zugeben, aber warum gestand er mir gegenüber sämtliche Details, wenn er vorhatte, sein Leben als unbescholtener Bürger weiterzuführen?

»Willst du jetzt fliehen?«, fragte ich vorsichtig.

»Fliehen? Du machst Witze, weshalb sollte ich fliehen?«

Plötzlich begriff ich den Ernst meiner Lage. Till Backhaus würde mich nach diesem Geständnis verschwinden lassen, er konnte schließlich nicht davon ausgehen, dass ich mein Wissen für mich behalten würde! Ich befand mich in Todesgefahr!

»Möchtest du noch Wein?«, fragte er höflich.

»Was hast du mit mir vor?«, fragte ich stattdessen zurück.

Er fixierte mich mit ruhigem Blick. Mein Gott, dieser Mann war zu allem entschlossen, für die Rache am Unglück seiner Eltern würde er eiskalt meinen Tod in Kauf nehmen!

»Aber Till, ich kann doch gar nichts für das, was deinen Eltern widerfahren ist!«, flehte ich ihn an. »Du sprichst von Gerechtigkeit und opferst für deine Rache einen unschuldigen Menschen!«

»Ich kann jetzt nicht aufhören!«, herrschte er mich an. »Meine Mission ist noch nicht zu Ende! Magnus Hofstaller war nur der Anfang, auch Dr. Müller wird für seine Tat büßen, so wahr ich hier vor dir stehe!«

Ich erstarrte vor Angst und Panik. Er meinte es ernst, er wollte mich umbringen!

Till setzte sich wieder und hielt mir eiskalt den Pappbecher mit Wein an den Mund.

Hatte es nicht soeben geklopft? Tatsächlich, jemand klopfte mehrmals an die hölzerne Tür der Scheune!

Till reagierte sofort und drückte mir das Klebeband auf den Mund, dann drehte er das Radio noch lauter. Er stellte sich vor die Tür und wartete ab. Das Klopfen wurde energischer, jemand wollte sich unbedingt Zutritt verschaffen.

Till ging zwei Schritte nach vorne und öffnete die Tür einen Spaltbreit.

»Na wer ist denn so spät noch so fleißig? Ich habe Licht gesehen und Musik gehört, und da dachte ich, ich schau mal kurz rein.« Doris! Wegen der lauten Musik konnte ich sie zwar nur schlecht verstehen, aber es war ohne Zweifel Doris!

»Mmmhhh! Mmmhhh!«, presste ich mit ganzer Kraft meinen Hilferuf gegen das Klebeband. »Mmmhhh! Mmmhhh!«

»… und damit muss ich unbedingt bis morgen fertig werden, ich habe wirklich gar keine Zeit!« Till versuchte, sie abzuwimmeln.

Tränen flossen mir vor Anstrengung aus den Augen, ich quetschte merkwürdige Töne aus mir heraus, aber Doris schien meine Laute der Popmusik zuzuordnen.

»Also, dann bis morgen, ich freu mich drauf!« Till wickelte Doris mit seinem falschen Charme ein und schloss schließlich unnachgiebig die Tür.

Das darf doch nicht wahr sein! Da schickt mir der Himmel noch eine letzte Chance, und ich kann sie nicht nützen! Was sollte ich jetzt tun?

24

Es war unglaublich, wie professionell und abgebrüht sich Till in dieser brenzligen Situation Doris gegenüber verhalten hatte. Diesem falschen Märchenprinzen gelang es mühelos, die geneigte Weiblichkeit zu täuschen. Mein Blick wanderte zu Sonjas riesigem, nackten Abbild in der Mitte des Raumes. Waren seine Gefühle für Sonja echt gewesen? Oder hatte er sie nur deshalb umworben, damit er unauffällig an Magnus Hofstaller herankommen konnte? Aber was sollte dann seine ganze Aufregung um Sonjas mysteriöse Todesumstände?

»Mmmhhh!«, machte ich mich bemerkbar. Till marschierte ruhig zu mir herüber, setzte sich und zog mir das Klebeband vom Mund.

»Ich frage mich, was die Frauen alle an mir finden«, sagte er trocken.

»Hast du Sonja geliebt?«

Diese Frage schien ihn fast zu amüsieren.

»Was glaubst du?«, grinste er mich an.

»Till, du bist ein Schwein!«, warf ich ihm entgegen.

»Damit wir uns nicht missverstehen, Sonja hat mich in der Tat als Künstler inspiriert, deshalb habe ich sie bei unserer ersten Begegnung in ihrem Geschäft auch gefragt, ob wir uns privat treffen könnten. Ich wollte sie als Modell haben, nicht mehr und nicht weniger. Natürlich habe ich sehr schnell erfahren, dass sie mit Brigitte Hofstaller befreundet war. Bei diesem Namen klingelten sämtliche Alarmglocken in mir, ich beschloss, mit Sonja ein Liebesverhältnis einzugehen. Seit dem Tod meines Vaters vor acht Jahren hatte ich an die hundert Pläne ausgearbeitet, wie ich mich an Magnus Hofstaller würde rächen können, aber sie bargen alle zu viel Risiko. Mit der Verbindung zu Sonja ergaben sich auf einmal ganz neue

Möglichkeiten. Ich wartete geduldig ab, ich hatte Zeit. Ich wusste, dass sich früher oder später die ideale Chance bieten würde und schließlich war es so weit. Während seines Todeskampfes flüsterte ich Magnus Hofstaller unaufhörlich den Namen meines Vaters ins Ohr, er sollte wissen, wofür er bestraft wurde.«

Unglaublich, dieser Mann hatte acht Jahre lang in aller Ruhe sein Ziel verfolgt, Magnus Hofstaller umzubringen. Er hatte Sonja kaltblütig für seine Zwecke instrumentalisiert, und sie hatte die ganze Inszenierung für wahre Liebe gehalten. Vielleicht war es auch gut so, dachte ich, der falsche Schein hatte sie trotz allem sehr glücklich gemacht, und die Wahrheit hatte sie nicht mehr erfahren.

»Allerdings muss ich zugeben, dass ich Sonja unterschätzt habe.« Worauf wollte er denn jetzt hinaus?

»Am Morgen nach dem Mord brachte sie mir das Frühstück ans Bett und sagte, ich müsse sie heiraten oder sie ginge zur Polizei. Meine jahrelang angestaute, innere Spannung hatte sich nach der Tat gelöst und mich so stark beschäftigt, dass ich im Schlaf gesprochen hatte. Sie wusste alles.«

Sonja hatte einen Mörder heiraten wollen? Ich war sprachlos. Der dringende Wunsch nach einem Mann hatte sie buchstäblich über eine Leiche gehen lassen! Nein, das hätte ich ihr niemals zugetraut, ich war schockiert.

»Sonjas Geld hat mich nicht interessiert, es stand für mich niemals zur Debatte, dass ich sie heiraten würde. Für den Fall, dass die Bienen die Arbeit nicht für mich erledigt hätten, hatte ich bereits einen Ersatzplan.«

Ich konnte kaum glauben, was ich soeben gehört hatte.

»Du hast sie nach Hohenbachern geschickt? Aber du hast doch in Pfaffenhofen unterrichtet!«

»Genau, bin ich nicht genial? Ich habe sie am Vormittag auf ihrem Handy angerufen und ihr gesagt, dass es Hitzefrei geben würde, was natürlich nicht stimmte. Dann habe ich ihr ein romantisches Picknick an diesem abgelegenen Platz vorgeschlagen, von dem aus man einen wunderbaren Blick auf Freising hatte. Ich hatte erst kurz zuvor von den aggressiven Bienen dort gehört und bin extra hingefahren, um mich vor Ort davon zu überzeugen. Ich hatte Sonja gesagt, dass ich Lust auf eine größere Fahrradtour hätte und mit meinem Rad, das noch in Pfaffenhofen stand, dort hinkommen würde. Möchtest du noch einen Schluck?«

Till Backhaus hielt mir mit abgebrühtem Blick den Pappbecher vor den Mund. Ich spuckte ihm vor Abscheu ins Gesicht. Er zog ein Papiertaschentuch aus seiner Hosentasche und putze sich gelassen ab.

»Jetzt fragst du dich natürlich, weswegen ich selbst den Verdacht einer mörderischen Absicht in Bezug auf Sonjas Tod geäußert habe. Ganz einfach, ich hatte absolut nichts zu befürchten! Selbst wenn man herausgefunden hätte, dass Sonja mit mir verabredet gewesen war, hätte man mir nichts anhängen können. Ich hatte regelrecht Spaß daran, Verwirrung und Verdächtigungen zu streuen, die Menschen sind wahrlich leicht zu manipulieren! Man soll mich in Freising als den netten Verlobten von Sonja Moll in Erinnerung behalten, der vom Schicksal so schwer getroffen wurde. Nach und nach werde ich mich aus Freising wieder zurückziehen, im Herbst werde ich die Scheune verkaufen und die Kurse an der Volkshochschule abgeben. Meine Arbeit in Freising ist erfüllt, die nächste Aufgabe wartet in München.«

Der Ton, in dem Till Backhaus seine Ziele steckte, ließ keinen Zweifel aufkommen, dass er sie auch erreichen würde. Mit seiner Intelligenz würde es ihm gelingen, seine Rachepläne perfekt umzusetzen.

»Gib zu, Maja, insgeheim bewunderst du mich! Ich schaffe alles, was ich mir in den Kopf setze! Das heißt, fast alles. Als ich dich im Weinkeller liquidieren und die Tat diesem Muskelprotz anhängen wollte, ist eine Kleinigkeit schiefgelaufen, aber man muss flexibel bleiben. Es gefiel mir plötzlich, dass sich die Sache von ganz allein zu Hefners Ungunsten entwickelte. Der Kerl hatte dem Hofstaller jahrelang bei seinen Betrügereien geholfen, er war schon als junger Lehrling begabter als sein Chef. Ohne diesen Hefner wäre es Magnus Hofstaller niemals gelungen, so perfekte Kopien von den Arbeiten meines Vaters herzustellen. Korbinian Hefner hat es verdient, dass der Verdacht auf ihn fällt, auch er muss die Rechnung für seine Taten bezahlen!«

Und mit diesem kaltblütigen Mörder war ich vor einer Stunde in die Werkstatt eingebrochen, um Denise vor dem harmlosen Hefner zu schützen, schoss es mir durch den Kopf. Es war absurd, wann erwachte ich endlich aus diesem Alptraum?

»Möchtest du wissen, wie Brigitte die Treppen hinuntergefallen ist?«

Um Himmels willen, ging das etwa auch auf Tills Konto?

»Sie hatte mich um ein Rendezvous im Diözesanmuseum gebeten. Ich ahnte sofort, dass irgendetwas im Busch war. Sie konnte den Namen Backhaus zuordnen, obwohl sie damals noch nicht mit Magnus Hofstaller verheiratet gewesen war. Offenbar wurde bei Hofstallers auch noch später über meinen Vater gesprochen. Backhaus ist kein seltener Name, deshalb hatte sie sich zu Anfang nichts dabei gedacht. Als sie jedoch hörte, dass ich aus Pfaffenhofen komme, schöpfte sie Verdacht. Sie fragte mich im Diözesanmuseum direkt ins Gesicht, ob ich mit dem Bildhauer Clemens Backhaus verwandt sei, was ich natürlich leugnete. Dann fing sie an zu jammern, die Polizei wolle ihr einen Strick daraus drehen, dass in der Tablettenbox ihres Mannes nicht die Medikamente gefunden worden waren, die ihm der Arzt verordnet hatte. Außerdem gäbe es Gerüchte in der Stadt, sie habe ein Verhältnis. Sie wollte mich aushorchen, ob ich von Sonja etwas über ihre Beziehung zu Korbinian Hefner erfahren hatte, was sie natürlich noch mehr belastet hätte. Die Frau war hochgradig nervös, ich wusste sofort, dass sie die Medikamente heimlich ausgetauscht hatte. Sie wäre mir beinahe zuvorgekommen, dabei war es mein ureigenes, alleiniges Recht, Magnus Hofstaller umzubringen! Mir war klar, dass Brigitte Hofstaller mit allen Mitteln versuchen würde, ihren Kopf aus der Schlinge zu ziehen. Sie hätte Nachforschungen über mich angestellt, um die Polizei auf eine andere Spur zu lenken. Natürlich musste ich schnell handeln, je eher, desto besser. Wie du ja weißt, ergab sich kurz darauf eine äußerst günstige Gelegenheit, das Problem war schneller gelöst, als ich dachte.«

Perfekt, alle Verbrechen, die dieser Mann begangen hatte, waren perfekt. Es würde genauso kommen, wie er vorhergesagt hatte. Der Mord an Magnus Hofstaller würde einem unbekannten blinden Passagier in die Schuhe geschoben werden, und die beiden Todesfälle von Sonja und Brigitte waren jetzt schon als Unfälle ad acta gelegt worden.

»Und wie willst du mein Verschwinden organisieren, ohne dass der Hauch eines Verdachtes auf dich fällt?«, fragte ich provozierend.

Till lehnte sich zurück und kniff die Augen zusammen.

»Mir wird schon etwas einfallen, ich brauche eine kurze Bedenkzeit.«

Ich konnte es nicht fassen, der Mann sah mir in die Augen und dachte gleichzeitig über eine plausible Tarnung meiner bevorstehenden Eliminierung nach! Ich nahm all meinen Mut zusammen.

»Na, wo bleibt denn nun der Geistesblitz!«, versuchte ich ihn zu verunsichern. »Es wird dir nicht gelingen, für mein Verschwinden eine logische Erklärung zu finden. Außerdem würde der Kommissar dadurch doch noch stutzig werden. So viele Unglücksfälle innerhalb kurzer Zeit, da kann doch etwas nicht stimmen!«

»Sei still!«, schrie er mich an. »Ich muss mich konzentrieren!«

»Du wirst Fehler machen, so genial bist du nicht! Du bist ein ganz kleines Licht, dem bis jetzt immer der Zufall zu Hilfe gekommen ist! Aber an mir wirst du dir die Finger verbrennen, das schwör ich dir, und dann kannst du deine Rache an diesem Dr. Müller vergessen!«

»Jetzt reicht's!«, brüllte er mich an und drückte mir wieder das Klebeband auf den Mund. Seine Augen flimmerten vor Anstrengung, die Lösung des Problems Maja Kuckuck gestaltete sich offenbar schwieriger, als er gedacht hatte.

Plötzlich sprang er auf und ging zu der Obstkiste in der Ecke. Er wühlte zwischen den Papieren und anderen Gegenständen, die ich von meinem Platz aus schwer erkennen konnte, dann zog er eine Postkarte aus dem Durcheinander heraus. Er griff nach einem Kugelschreiber, der auf dem Boden lag, und legte alles auf den kleinen Tisch in der gegenüberliegenden Ecke. Anschließend kam er zu mir zurück.

»Steh auf!«

Ich erhob mich mit seiner ruppigen Hilfe und hüpfte mit meinen Beinfesseln widerwillig neben ihm her bis zu dem Tisch. Er holte einen Klappstuhl und befahl, dass ich mich setzen solle.

Was machte er denn jetzt? Er öffnete tatsächlich meine Handfesseln, allerdings zog er meinen linken Arm sofort schmerzhaft nach hinten und band ihn an der Rückenlehne fest.

Vor mir lag eine Postkarte mit einem Foto der Korbiniansbrücke. Ich hatte ebenfalls in der letzten Woche eine Postwurfsendung mit Postkarten erhalten, auf denen Freisinger Motive abgebildet waren. Das Ganze sollte eine Werbeaktion für einen neuen Bildband über Freising sein.

»Nimm den Stift und schreib!«

Ich schüttelte trotzig den Kopf.

»Schreib, hab ich gesagt, sonst überleg ich mir eine besonders schmerzhafte Todesart für dich!«

Diese Drohung überzeugte mich, ich drehte die Karte um und nahm den Kugelschreiber in die Hand.

»Liebe Lilli«, diktierte er, »einer spontanen Eingebung

zufolge sitze ich gerade im Frühzug nach Verona und möchte nun doch bei der Fernsehsendung auftreten. Andreas werde ich telefonisch benachrichtigen, also bis bald, Deine Maja.«

Meine Finger gehorchten, mein Kopf wurde heiß. So wollte er es also hindrehen! Ich sollte auf der Reise im Zug irgendeinem Verbrechen zum Opfer fallen! Wieder eine Tat, bei der die Zahl der Verdächtigen schier unendlich sein würde! Der Kerl würde leider nicht nur mir, sondern erneut auch der Polizei überlegen sein! Diese Tatsache machte meine aussichtslose Situation noch unerträglicher. Ich durfte nicht sterben, ich musste die Öffentlichkeit über diesen Mörder im Schafspelz informieren!

25

Als ich die Karte fertig geschrieben hatte, nahm er sie und steckte sie in die Brusttasche seiner Jacke, die ebenfalls auf dem Tisch lag.

»So, Maja, dann werden wir uns langsam verabschieden müssen«, meinte er geschäftig, während er eine andere Tasche seiner Jacke durchsuchte. Er zog ein Röhrchen Schlaftabletten heraus und stellte es auf den Tisch.

»Das wird deine Henkersmahlzeit werden. Ich bin abergläubisch, und nachdem mein Versuch, dich zu erwürgen, schon einmal gescheitert ist, wähle ich diesmal eine andere Methode. Die Tabletten habe ich für den Fall besorgt, dass die Bienen in Hohenbachern kein Interesse an Sonja zeigen. Ich hätte sie mit einem Messer am Hals gezwungen, die Pillen zu schlucken. Am nächsten Tag hätte ich der Polizei erklärt, dass mir die Sache mit der überstürzten Hochzeit doch zu schnell gegangen war, und dass ich Sonja am Abend um eine Trennung gebeten hatte, um in aller Ruhe über unsere Beziehung nachdenken zu können. Halb Freising hätte bestätigt, dass mit dieser Entscheidung eine Welt für sie zusammengebrochen war, den darauf folgenden Suizid hätten alle als logische Konsequenz betrachtet.«

Hatte der Mann denn überhaupt kein Gewissen? Er war einzig und allein von Rache beherrscht, alles andere war ihm egal.

Till holte einen frisch aufgefüllten Pappbecher mit Wein und stellte ihn vor mich auf den Tisch. Dann zog er mir das Klebeband vom Mund und sagte: »Wir müssen uns beeilen, ich habe noch viel Arbeit vor mir.«

»Du glaubst doch nicht im Ernst, dass ich jetzt diese Pillen schlucke!«

Ich musste ihn in ein Gespräch verwickeln und davon überzeugen, dass dieser Ort hier nicht geeignet war, meine Leiche unbemerkt verschwinden zu lassen. Wenn ich erst einmal aus der Scheune herausgekommen war, würde ich jemanden auf meine fatale Lage aufmerksam machen können.

»Was willst du denn mit mir machen, wenn ich tot bin? Willst du meine Leiche draußen über den Hof ziehen und unter Zeugen in dein Auto einladen?«

»Für wie blöd hältst du mich, Maja? Du hast es immer noch nicht kapiert, die Familie Backhaus ist genial! In unseren Köpfen entstehen Ideen, auf die ein normaler Mensch nie kommen würde. Ich habe mir für dich eine extra schöne Ruhestätte ausgedacht, du wirst Freising als Kunstwerk erhalten bleiben!«

»Was erzählst du für Blödsinn! Die Sache wird schiefgehen, sie werden dich erwischen! Till, noch hast du die Möglichkeit zu fliehen, du kannst mich hier fesseln, sodass du genügend Zeit haben wirst, dich ins Ausland abzusetzen, ich flehe dich an!«

Die Situation spitzte sich dramatisch zu, würde ich es noch schaffen, diesem Besessenen zu entkommen?

»Möchtest du gar nicht wissen, was ich mit deinem toten Körper vorhabe?«, fragte er wie ein Lehrer seine Schüler.

»Doch!«, antwortete ich eifrig, alles was Zeit schindete, war mir recht.

»Ich werde deine Leiche in den Betonsockel des zweiten Bären einbetonieren! Na, was sagst du, gibt es eine genialere Möglichkeit, einen Körper verschwinden zu lassen? Du wirst als Bär die Freisinger Touristen erfreuen, die täglich an dir vorbeimarschieren werden. Es juckt mich fast, eine kleine Gedenktafel anzubringen, nein, das wäre zu gefährlich. Natürlich! Ich werde beim Bemalen einen Kuckuck auf die Hose des Bären setzen, ha, ha, ha …«

Das schreckliche Gelächter dieses kaltblütigen Mörders

brach meinen ganzen Mut. Es war aus, ich hatte keine Chance mehr.

Till öffnete das Tablettenröhrchen und legte die Pillen in einer Reihe nebeneinander auf den Tisch.

»So, Maja, es ist angerichtet, du kannst anfangen.«

Er stand mit verschränkten Armen da und beobachtete mich. Ich wollte gerade Folge leisten, da bekam mein trotziger Überlebenswille wieder Oberwasser. Unvermittelt schleuderte ich ihm den Pappbecher voll Wein mitten ins Gesicht.

Bevor Till etwas sagen konnte, hörte ich das wunderbarste Geräusch meines Lebens: Es klopfte laut an der Tür. Till fuhr aufgeschreckt herum, er wischte sich den Rotwein aus den Augen und starrte wie versteinert zur Tür.

»Herr Backhaus, machen Sie auf! Hier ist die Polizei, das Gelände ist umstellt!« Kommissar Scheffels Stimme klang wie die schönste Musik in meinen Ohren.

Till sah aufgeregt zwischen mir und der Tür hin und her, er hatte noch nicht aufgegeben.

Es krachte und donnerte, die Holztür gab nach. Sofort sprangen mehrere Polizeibeamte in den großen Raum und überwältigten den wild um sich schlagenden Till Backhaus. Ich war gerettet!

Völlig aufgelöst hüpfte ich Kommissar Scheffel in die Arme, meine Nerven lagen blank. Ich konnte gar nichts sagen vor Erleichterung.

Kommissar Scheffel schnitt mir die Fußfesseln auf und befreite mich von dem Klappstuhl an meinem linken Arm. Dann führte er mich hinaus.

»Sind Sie okay, Frau Kuckuck? Was in aller Welt ist da drinnen passiert?«, fragte er ungeduldig.

»Wie haben Sie mich gefunden?«, wollte ich wissen.

»Ihre Freundin, Frau Winter, hat uns hergeschickt. Sie steht da hinten!«

Ich drehte mich um und sah Doris im blassen Laternenschein, sie winkte mir aufgeregt zu.

»Lassen Sie sie durch!«, instruierte Kommissar Scheffel seine Mitarbeiter, Doris kam auf uns zugerannt.

»Na Gott sei Dank!«, rief sie laut. »Sehen Sie, Herr Kommissar, ich habe recht gehabt!«

»Warum hat Sie Herr Backhaus da drinnen festgehalten, Frau Kuckuck?« Kommissar Scheffel packte mich an den Schultern, als ob er die Antwort aus mir herausschütteln wollte.

»Weil er die Absicht hatte, mich umzubringen, aber das erkläre ich Ihnen gleich in aller Ruhe.« Ich wandte mich wieder an Doris. »Hast du meine Hilferufe doch gehört?«

»Hilferufe? Nein, gehört hab ich nichts, aber ich habe deine hässliche Handtasche auf dem Stuhl hinter der Tür liegen sehen. Zuerst dachte ich, du hättest sie vielleicht einfach dort vergessen, aber dann sagte ich mir, das kann nicht sein. Maja würde dieses Teil niemals irgendwo liegen lassen, völlig absurd. Dann keimte in mir plötzlich der Verdacht auf, dass du da drinnen warst, weil du dich Till als Nacktmodel angeboten hattest, und dass er mich deshalb nicht reingelassen und gleich wieder abgewimmelt hatte. Stinksauer ging ich nach Hause, wo mir dann aber in Ruhe betrachtet auch diese Möglichkeit äußerst abwegig erschien. Ich kam zu dem Schluss, dass da irgendetwas nicht stimmt und habe die Polizei verständigt.«

Unter großem Protest wurde Till aus der Scheune gezerrt, er trug Handschellen und schrie laut: »Ich bin noch nicht fertig, ich muss es zu Ende führen!«

»So, Frau Kuckuck, ich bringe Sie jetzt höchstpersönlich auf die Polizeidienststelle, und dort werden Sie mir endlich erklären, was hier gespielt wird!« Kommissar Scheffel riss der Geduldsfaden.

Wir stiegen in einen Streifenwagen und fuhren zur Polizeiinspektion in der Haydstraße. Dort berichtete ich dem Kommissar und mehreren anderen Polizeibeamten, was ich in dieser schrecklichen Nacht erfahren hatte.

»Wir haben es ja alle geahnt, Herr Kommissar, aber Sie haben nicht auf uns gehört!«, schloss ich meine lange Rede.

»Hinterher sind wir alle schlauer, Frau Kuckuck. Aber ich muss zugeben, dieser Mann hat uns auf unglaubliche Weise hinters Licht geführt. Schade, dass er sein Potenzial auf solche Art vergeudet hat!«

Die anderen Polizisten tuschelten aufgeregt miteinander, dieser Fall war mit Sicherheit außergewöhnlich.

Kommissar Scheffel kniff die Augen zusammen, er kämpfte ganz offensichtlich schon wieder mit einem Anflug von Zorn.

»Habe ich Sie vorhin richtig verstanden, Frau Kuckuck, Sie stehen also in Kontakt mit dem italienischen Fernsehen!«

»Ich habe lediglich für italienische Hausfrauen ein bayerisches Kochrezept vorgeführt.«

»Mich haben Sie vorgeführt, mich! Wahrscheinlich haben Sie Ihr Rezept vor laufender Kamera mit ein paar mörderischen Appetithäppchen garniert, um sich wichtig zu machen! Sie haben mir diese italienischen Pressegeier an den Hals gehängt!«

»Nein, nein, das war ganz anders«, fing ich an, meine Unschuld zu beteuern.

»Ersparen Sie mir die fantasievollen Blüten Ihrer grottenschlechten Ausreden, ich kenne Sie doch!«

Kommissar Herrmanns klopfte ihm beruhigend auf den Rücken und wandte sich dann an mich. »Und was machen wir jetzt mit Ihnen wegen des Hausfriedensbruches, Frau Kuckuck?«

Ich zuckte ratlos mit den Schultern.

»Sie sind unbelehrbar, wie oft habe ich Ihnen gesagt, dass Sie mit Ihren Detektivspielchen Ihr Leben riskieren!«, polterte Kommissar Scheffel wieder los. »Man kann nur hoffen, dass Sie heute etwas gelernt haben!«

Obwohl in der Samstagszeitung natürlich noch nichts über die Verhaftung von Till Backhaus stand, verbreitete sich die Nachricht über seine Taten wie ein Lauffeuer in der ganzen Stadt. Mein Telefon stand nicht mehr still, die Presse gab sich bei mir die Klinke in die Hand.

Sogar Herr Thurgau sah sich gezwungen, mir einen Betroffenheitsbesuch abzustatten.

Am Abend wartete ich mit Spannung auf Schorsch. Ob er die neuesten Nachrichten ebenfalls schon gehört hatte?

Um zwanzig nach acht betrat er mit Denise Hofstaller die Weinstube. Kluger Schachzug, dachte ich, er rechnete wohl nicht damit, dass ich ihn in Anwesenheit seiner Freundin wegen der Verspätung zur Rechenschaft ziehen würde.

»Schenken Sie ihm zu Weihnachten endlich eine Uhr!«, begrüßte ich Denise mit Handschlag, Schorsch nahm es mit unschuldigem Blick zur Kenntnis.

»Das nützt nichts«, meinte sie grinsend.

»Wussten Sie, dass ich mich Ihretwegen gestern in Lebensgefahr begeben habe?«

»Was?«, rief sie mit aufgerissenen Augen. »Wir wissen nur, dass Sie Till Backhaus des Mordes an meinem Vater, an Brigitte und an Frau Moll überführt haben!«

Ich schickte Schorsch zur Arbeit und verzog mich mit Denise und zwei frisch Gezapften in die Küche. Dort erzählte ich ihr alles, was sich zugetragen und weswegen ich mir so große Sorgen um sie gemacht hatte.

»Mein Gott, wenn ich das gewusst hätte, das ist ja schrecklich! Dabei war ich doch gar nicht bei Korbinian Hefner in der Werkstatt, ich war mit Freunden im Biergarten! Meine Mutter hat die Erbangelegenheiten in die Hand genommen und dem Hefner gestern die Werkstatt verkauft! Sie haben ein Fläschchen dabei getrunken und noch ein wenig über alte Zeiten geplaudert, dann hat sie ein Taxi gerufen, weil sie dachte, sie könne nicht mehr Auto fahren. Deswegen stand mein Wagen die ganze Nacht vor der Tür!«

»Aber im Isar-Hotel hat man mir doch gesagt, Ihre Mutter sei abgereist?«

»Da haben Sie völlig falsche Informationen erhalten. Meine Mutter hatte das Zimmer von vornherein nur für zwei Tage zur Verfügung, das Hotel war seit Monaten am Wochenende ausgebucht. Also ist sie gestern Vormittag in ein anderes Hotel umgezogen und hat sogar noch eine weitere Nacht drangehängt. Ich bin jetzt gleich mir ihr zum Essen verabredet. Sie wird Augen machen, wenn ich ihr das alles erzähle!«

Ich atmete tief durch. So einfach war das also! Da machte ich mir die größten Sorgen um Denise Hofstaller, während ich besser auf mich selbst aufgepasst hätte!

Denise verabschiedete sich, ich ging zurück in die Weinstube.

»Na endlich!«, rief mir Doris entgegen, die sich inzwischen an ihrem Stammplatz niedergelassen hatte. »Ich dachte schon, jemand würde dich da drinnen abmurksen und anschließend als Knödel tarnen!«

»Sehr witzig!« Ich setzte mich zu ihr.

Sie hatte bereits eine Flasche Brunello und zwei gefüllte Gläser vor sich auf dem Tisch stehen.

»Wir haben ja wohl etwas zu feiern!« Sie hielt ihr Glas in die Höhe, prostete mir zu und nahm einen kräftigen Schluck des ausgezeichneten Tropfens.

»Ist dein entgleister Hormonspiegel wieder im Lot?«, fragte ich scherzhaft.

»Ich darf doch sehr bitten!«

»Dein Geschmack in puncto Männer ist jedenfalls nicht zu toppen!«

»Nur durch deinen erlesenen Geschmack in Bezug auf Handtaschen.«

»Meine Handtasche hat mir das Leben gerettet!«

»Meine hormonelle Entgleisung hat dir das Leben gerettet!« Doris grinste süffisant.

Mit hochgezogenen Brauen warf ich ihr einen skeptischen Blick zu, dann besann ich mich und nickte ergeben. Sei's drum, ich war heilfroh, dass ich die mörderischen Turbulenzen der letzten Nacht überstanden hatte.

ENDE

Mein herzlicher Dank gilt

Anne Stumvoll, Gerd Munker, Marit Obsen

meinen Eltern Roswitha und Wolfram Menschick

und natürlich meinem Mann Helmut und meiner
Tochter Kathrin

Roswitha Wildgans
FINALE FURIOSO
Broschur, 176 Seiten
ISBN 978-3-89705-437-0

»Eine singende Wirtin, die auch ermittelt – ein vergnüglicher Lesestoff.«
Süddeutsche Zeitung

»Ein erfrischend gradliniger, unterhaltsamer Krimi mit einer sehr sympathischen Ermittlerin. Wir rechnen damit, dass Maja Kuckuck in Kürze wieder ihre Weinstube verlässt, um einen Mörder zu jagen.«
Libro fantastico